二魚文化

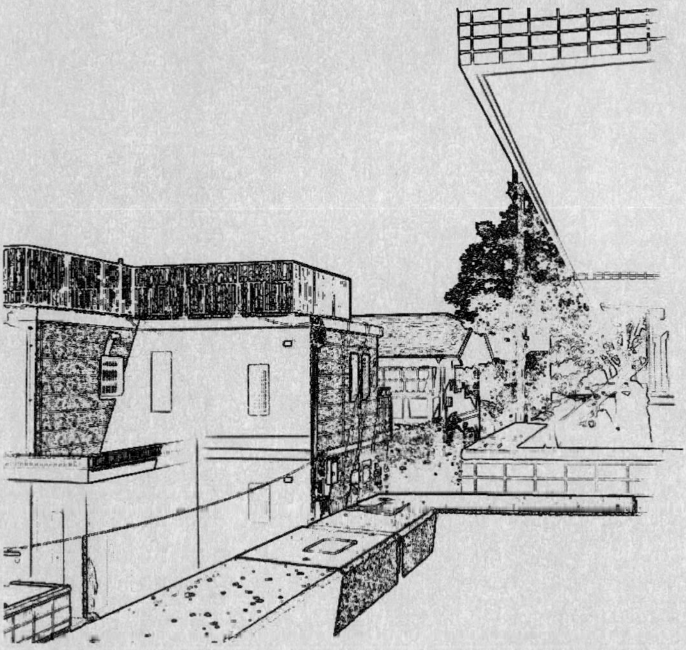

封存的繼續封存。
接續的現在接續

東京暫停

葉雅歆

東京暫停

目錄

（代序）

我羨慕你

我羨慕妳。

暫離臺北到東京的時候，我的同行朋友（包括東京的同行朋友）這麼對我說。我明白這不是因為我個人的因素，也未必是因為這個城市，而是因為「暫停」。

我的職圈（也許其他的職業也一樣）日益以追逐各種量化評比為導向，逐漸遠離自己最初認識的樣貌。因為夾雜各種資源的劃分，打分數只有及格與不及格兩種，同行之間的關係有時也變得詭譎。像我這樣身在職圈卻盡量過著「繭居圈外」生活的人未必得到認同，當然也沒什麼可羨的。但我知道那些真心說羨慕的朋友，彼此都是懂得的，因為在感到疲累的既定軌道中，能擁有「暫停」的時光是多麼可貴。

二〇〇八年夏天在日本國立一橋大學短期研究之後，二〇一一年再度帶著小小的工作計畫來到舊地，並且預計參與明治大學開設的「映像臺灣」一學期通識課程。

在隆冬之末開始一個人的東京生活，沒有適應上的困難，也無絲毫寂寞。雖然氣溫很低，可是除了少數雨雪，天氣都很好，總是有陽光和藍色的天空。走在大學區的我非常平靜，內心則稍稍有一些跟時間賽跑的感覺，因為太珍惜這樣的「暫停」時光，所以很怕日子匆匆流逝。「為什麼妳不會寂寞？」不少人問。「不知道，就是不會。」

但這世界平不平靜並不是自己可以掌握的。

地震來時我正出門，然後看見地面在晃動、電線桿在晃動、停放的轎車也在晃動，而且時間比預想的長。街上有一兩位鄰居走出來，用錯愕的眼神互望著，彷彿有種天地將要崩解的不祥。之後上樓開電視，果然所有的電視臺都換上了地震播報，手機不通、電車停擺、不知數的用戶停電停瓦斯，火災、崩塌，最可怕的是海嘯。災難開始，作為一個外國人的孤單也才開始。

應該沒有人說羨慕了。

・

仍然有水有電有網路的東京其實算不上災區，但真正嚴峻的是面對福島核災的危機。社區很暗很安靜，我想像大家都在家中依偎。我無法依偎，坐在床上開始盤算倘若停電該如何在寒夜裡取暖。電視電腦一直開著，除此之外無法密切關注外在的變化，我們都在經歷未知，東京朋友跟我有相同的處境。

一個人沉沉睡去後，醒來看電視都懷抱核電廠狀況變好的希望，但卻一次一次壞。東京會大撤離嗎？如果真的要發放預備用碘片，會發給我嗎？沒有答案。這時我和東京朋友的處境不一樣。

世界突如其來的裂縫，讓原有的律動暫停了。暫停的這一刻，在東京在臺北，彼此像被推到不知名的遠方，不得不開始新的人生旅程。

暫停後開學的課堂，每週一次，轉兩趟車，爬一段坡路，來回大約三小時路程。從春末到盛夏，每次往返，都有難以言喻的心情。我留下來，持續到最後，面對自己、體會城市不同的內在。災難考驗了人性，反芻了原有關係，重整人生信念，也呈現了感情真正的模樣。

我總是關燈睡覺的，連夜燈也沒有。只有旅行時會打開浴室的燈，並且半掩門。這種動作，顯示著「不在家」的狀態。到東京幾天後我就關燈了。躺在床上沒有多久，眼睛就適應了黑暗。床正對著陽臺的落地窗，夜光從厚窗簾的縫隙裡透進來，我在無燈的屋內，安然而熟悉的辨識著自己的「家」。那些各就各位的居家擺設，放久了就會開始「生根」了吧？這就是生活。

對我來說，可以把燈全關掉的時候，就是家了。

東京暫停，從此不再是旅行的地方。

留下來，得助於總是跟我交換生活意見的一橋大學洪郁如教授、讓我參與課堂並討論文化觀點的明治大學H教授，以及經常成為義務助理的（當時的）一橋大學博士生黃耀進。而不可缺的是雖時時擔憂仍給我絕對自由的家人。

在暫停職場的生活中遇見世界難以違逆的暫停，無論驚駭、孤絕或平靜，終得以衝撞內心，篩出生命中重要與不重要人事物，並經驗著如何受創又如何美麗的城市，與之同感同傷。皆是意外珍貴的淋漓盡致。

我羨慕我自己。

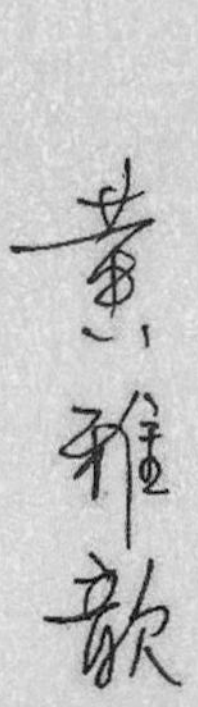

卷一
裂縫

「你還好嗎？」

「還好，你呢？」

「電車停了。手機不通。走了兩個小時的路剛剛到家。」

「孩子呢？」

「跟幼兒園去高尾山遠足，被困住了。今晚大概要睡在電車裡。」

「那很冷。」

「還好聯絡上了。你會不會怕？」

「我不要緊，你去忙。」

「嗯嗯。先這樣。保持聯絡。」

寒冷的東京夜晚，數以萬計的人們一起在路上步行回家，像夜間行軍。

像所有災難片的前導鋪敘一樣，這天白日的陽光非常非常的好，天空是幸福藍。但世界卻忽然斷裂了。在暫停的一刻，彼此像被推到不知名的遠方，開始陌生而全新的人生旅程。

之後相遇。或者，不再相遇。

卒業之後

放寒假的大學校區和我的居所都很安靜，季節雖然已經過了隆冬，但夜裡還是經常無聲的下了雪，早晨起來，從陽臺可以望見停在外邊的車身上都白白敷了一層粉霜。

「谷保天滿宮那邊的梅花開了，梅花祭那時我們一家要去跳神（民俗）舞，邀請妳來。」一住附近的S發訊跟我說。

很冷的空氣，很藍的天空，很好的陽光，從居處騎單車沿著大學通、櫻花通，一直騎向谷保站的天滿宮，梅花園裡已經非常熱鬧，民藝社團各自擺臺，神樂神舞、古箏、太鼓、茶道，在梅樹下輪流演出。

「這邊這邊。」S同我招手。

S一家加入了社區的傳統樂社，由師傅帶領多次參與社區祭典，這次更擔任了梅花祭演出活動的總召。在空檔時，S將我介紹給了社團成員，包括在銀行工作的女孩、剛剛高中畢

很冷的空氣，很藍的天空，很好的陽光，

民藝社團各自擺臺，

神樂神舞、古箏、太鼓、茶道，在梅樹下輪流演出。

業的機車行少年、以及電器行老店的少主，都是在這個社區商店街「土生土長」的在地人。冬學期結束，職校畢業的機車行少年剛剛得到大學的入學許可。「那麼，」S說：「下星期大夥兒到我家來個卒業（畢業）祝賀會吧。」這「大夥兒」也包括身為「外人」的我，「妳願意來嗎？」她說。

當天依舊是寒冷而乾爽的好天氣，傍晚，大家到達S家後，先在陽臺乾杯祝賀。因為梅花祭那天見過面，所以我並沒有被特別介紹也沒有被刻意招呼，這使我感到自在，因而去除了在陌生場合慣有的侷促感。乾杯後閒聊一陣，他們大約說著梅花祭時如何準備餐點，如何張羅傳統服飾的「瑣事」。孩子們則一旁玩樂，很是一般家庭聚會的模樣。

但進屋在餐桌就坐後，男主人忽然起身講話了。宣布今天聚會的意義，包括祝賀的事由、對象，並且以主持人的身分，請今日的畢業生致詞，然後則是前輩代表勉勵。

最初我有點錯愕，在男主人起身時冒出「不會吧？難不成要致詞？」的念頭，這種「儀式化」的東西出現在家庭聚會實在太奇怪，在臺灣大概會立刻有人笑出來說「別鬧了」之類的話。但當時現場卻立刻安靜下來，大家靜靜望著、聽著說話的人。不管少年畢業生或者身為前輩的電器行少主，都很正式誠懇地說出自己的心情與祝福。結束後男主人一聲開動，場面又回到了輕鬆溫馨。聊菜餚聊生活，因為我的加入，吃甜點的時候還玩起說中國話的遊戲，大家紛紛學起日文姓名的中文說法。

開朗的畢業少年學了「我是白石健三郎」的中文發音，不停地跑來我面前進行「自我介紹」，誇獎他發音甚好，便有點害羞又有點驕傲。接著還有在銀行工作的少女，總是笑吟吟的看著我。S說，這裡有機車行、電器行、銀行界代表，以後我有生活上的問題，找他們就對了，也馬上獲得「沒問題」的回應。這時我彷彿明白，藉由這個聚會，我被介紹給這個社區了。

日本社會雖然看似有一種充滿禮貌的距離感，但社區住戶的「聯繫」其實是很緊密的。只是被稱為「外人」的外國人，會被看待成一個「外人圈」，和真正的在地社區處在不同的位置。而透過S這場聚會，電器行、機車行、神樂社……當我騎車經過商店街就會被認識吧。我將可「確實」的在此生活著，直到回到臺北。

散會之前，男主人聚集大家在鋼琴旁合唱「卒業写真」，這種堅持完成儀式的執著還是讓我有點驚訝。畢業證書放在鋼琴上，小女生彈琴，男生女生輪流合唱著「卒業写真」，大家都很當一回事。我居間旁觀，聽著看著忽然感動起來，果然儀式有一種意義，讓畢業生真的被祝賀了。

•

「卒業聚會」之後四天大地震發生，這世界彷彿瞬間頹圮，也從原來的生活畢業了。

匆匆離開東京的那時，沒有把握自己會不會再回來。S來信說：「你是外國人會擔心是可以理解的。」最初建議我暫時離開東京的是S，但並不表示她要離開東京，我想電器行、機車行、神樂社團、銀行少女他們應該也都沒有離開東京。我不一樣，我是「外人」，是被認為不必留下來跟他們一起面對「麻煩」、也是留下來可能有心卻無力去照顧的「外人」。

看似平靜的東京，畢業典禮取消、賞櫻會取消、開學典禮也取消。儀式的取消，像人生裡閃閃發亮的東西，一個一個的熄滅，這是我參加了「卒業聚會」又一同遭逢強震核災之後，可以瞭解的沉默與哀傷。而在「卒業聚會」那日才相識的他們和我，恐怕也匆匆在彼此的人生裡畢了業。他們應該不覺得會再見到我，但「卒業之後」的他們都如何了呢？我還是不時想起。

決定回東京的時候，有一種「自己負責自己人生」的想法，誰也沒有通知。到「家」後衣著輕便下樓去附近便利商店買牛奶，結帳時忽然聽見玻璃門外，S大聲喊著：「妳回來了！」不顧店裡眾人眼光她跑進來說：「妳回來了，什麼時候回來的？妳會留下來嗎？」我侷促無措地站著，心裡也很開心就這樣遇上了卻只會吶吶說著：「嗯，我回來了。還不知待多久。」

「我只是要跟妳說，」還是很大聲：「妳要知道，妳是受歡迎的。」我是受歡迎的，但她沒立場要我回來，也不能要我留下，這種話她不能講。這種「百轉」的心思，我好像此刻才領悟。

之後時間的推移都在迎接「震災滿X月」裡度過，我也逐漸在無法「回到過去」、無法正常的生活裡，建構出新的「正常生活」來。梅雨停了，主婦又紛紛把棉被抱出來曬，時序

很遺憾妳今天沒來。
因為這是震災之後第一場祭典，很有意義，
特別希望妳能來。

看了信才恍然，那平淡說著「妳會來嗎」背後的感情。
沒遇上也就等於沒有來，
這樣幽微的心意我應該早些明白。

走到了節電大作戰的夏季。繼春天的諸多儀式取消之後，夏季的花火大會也大幅取消，但具指標意義的隅田川花火大會被保留了，東北的夏日大祭「六魂祭」也努力的開催，在此振興、復甦之際，S與我聯絡：「社區的夏祭活動週末展開，我們都要去表演，妳會來嗎？」

這真是冬日梅花祭以來，我看到最熱鬧的活動了，睽違了這麼久，來共襄盛舉的社區居民見面都有著飽含深意卻又心照不宣的笑容。看了一陣子表演，沒遇見S一家和神樂社，手上沒有時間表的我在晚餐時間離開一下，再回來待到晚間七點結束，還是沒遇見。

結果回家後收到S的來信說：「很遺憾妳今天沒來。因為這是震災之後第一場祭典，很有意義，特別希望妳能來。」看了信才恍然，她之前平淡說著「妳會來嗎」背後的感情。雖然我有去，但沒遇上也就等於沒有，這樣幽微的心意我應該早些明白，好好問清楚他們上場時間。

所以我不只錯過表演了吧。也錯過了再見電器行、機車行、神樂社裡的他們，以及銀行少女。在冬季的「卒業聚會」之後，我們各自走過了驚駭與沉靜的東京生活，在彼此都可以微笑的時候，我即將結束客座研究的身分。這個夏祭，應該是他們跟我的「卒業典禮」。

但是我在渾然不覺中錯過了。

最後的時光總是忙碌，下午騎車出去喝咖啡的次數也少了。週末那日匆匆經過大學路上的星巴克，卻忽然從落地窗看見了銀行少女，她戴著耳機像是聽音樂吧，身體輕輕跟著打拍子，並低頭專注翻看著雜誌。我在窗外站了一會兒。她始終沒有抬起頭來。這樣很好，我想。如果她抬起頭來與我對望，我應該會不知所措。

「再見。」我在心底跟她說。

不可思議的是在我離開的前幾天，騎車在長長的巷道中，遇見機車行少年「白石健三郎」了。騎著車的彼此從長巷兩頭互相靠近，遲疑的、驚訝的、確認的對看，然後兩人在單車上彎腰點頭微笑錯身。

「你是白石健三郎。我記得。」我在心底說。

能看見「卒業」之後他們已經足夠。就算世界崩解再也不如常，但「卒業」之後不是毀滅而是要建構新未來。我們在崩解之前見面，在崩解之中暫別，崩解之後重逢。能給一個了然於心的微笑，是心中最美好的句點。

安靜

「明天就開始限電。我看市役所網頁分成兩個區域，這邊是哪一個呢？」

「我們也不清楚……停電會使社會上出現很多問題。若可能，妳最好暫時離開東京。」

・

地震後三天，我暫時離開東京，但並沒有「逃」離；超市貨架上的東西幾乎都空了，但是並沒有「搶」購一空。每個人都在排隊，安靜的排隊，在電車有半數以上停駛的月臺上排隊，在已經沒什麼東西好買的超市結帳區排隊。很多人很多人……很有秩序的安靜的排隊。

三一一日本東北強震，震度五的東京嚴格說來不算災區，因為防震標準高，在密集的都市中，除了少數火警或屋頂掉落之外，建築的毀損幾乎是沒有的。但東京面臨的嚴峻在災後才正要開始，不僅做為「糧倉」的東北地區全毀，更糟的是核電危機。核電廠的狀況就好像人類養了一頭怪獸，忽然失控連飼主也不知牠變成什麼厲害的模樣，既無力控制、想「壯士斷腕」殺害卻又殺不死。

因為是一個人在東京，又遇到放假校園空無一人，不得不整天盯著電視看即時訊息。看久了讓人胸口窒悶，決定出去走走。災後的週末是晴天，社區人們在冬陽下呈現祥和安定的景象。東京人一面懷抱著不安、一面在過「正常生活」吧，我想。福島核電的憂慮持續著，東京人怕不怕呢？我沒有問東京朋友這個「無聊」的問題，因為無論如何這都是自己的國家，就算貨架已幾近全空，輻射危機一一逼近，氣氛彷彿像災難電影最愛使用的「風雨前的寧靜」。但電影畢竟是電影，這裡是他們的家園，人們除了用自己的步驟生活著還能如何。如果我對核電憂慮，要不趕快回臺灣，要不就也是慢慢等待，不然對方能給我什麼答案？

到摩斯漢堡去喝咖啡，店內有三兩學生低聲討論功課，有溫暖笑臉的女店員說：「三月十二日是摩斯日。」所以遞給我一份折價券和幸運草的種籽，打開卡片內頁有各地蔬果以及農民的笑臉，一瞬間我的心好像被撫慰了。想著去年此日我也剛好光顧了臺北的摩斯，拿到了紀念品，這是什麼訊號嗎？我要不要回臺灣呢？

可是這個城市好安靜啊。也許哀傷、恐懼、不安，但是安靜。

為什麼這麼安靜呢？臺灣與國際媒體已經對日本人在世紀災難下展現高度秩序與自制

力，給予一致正面的評價，並深感敬佩。能安靜鎮定也許是來自防災的訓練有素，也或許是民族性、以及國民素養，我也有同感。但是幾天來我卻也忍不住想：為什麼這麼安靜啊？這不是問句，而是不忍。日本記者在災區訪問，災民說到失去的親人與家園，眼淚默默從臉上流下；眼見家人遺體，一面低聲而哀傷的啜泣還跟救難人員合十道謝；說到對未來的不安，眼前物資的短缺，憂懼深深藏在眼神裡。

不管是不是教育或法律的關係，如果像許多人說「怕麻煩」和「避免麻煩別人」似乎已經內化成日本民族性的一部分了。那麼，我想，大聲哀嚎、呼天搶地、推擠搶先，就算是情緒的表達，大概都有違這個原則，特別是在共體國難的時刻。這種內斂與自制也反應在新聞播報上。屬於「臺式風格」的高亢聲音是不可能出現的，更難以想像新聞畫面像綜藝節目一般任意打上大大的「慘」、「悼」、「哀」五花八門的印記，忽然「衝」進車站訪問乘客當然也讓人驚愕……媒體的衝鋒陷陣有好有壞，大家各有感受。只是這就是日本。

災後第二天，核電狀況一波未平一波又起，危機加深，還在猶豫該不該離開的時候，東京電力開始宣布限電。第三天一早，日本朋友就建議我盡速離開東京，限電之後隨之而來的電車限駛、限水、限瓦斯，問題會愈來愈多，我立刻意識到東京已無法「正常生活」。東京人既已如此，恐自顧不暇，何況隻身的外國人？

東京電力、電車停電停駛的訊息連結，一早就自動發布在臉書、推特上，在日本的使用者，不管有沒有「加入好友」一律都會收到。不知短時是否能再回到東京，我盡可能把能帶的行李帶著，在網路上確認電車訊息，進入因節電而電梯停擺的車站，奮力將行李拖上月臺。愈往都心人愈多，電車減班，月臺隨時大排長龍，但還是很安靜啊，沒人奔跑也沒人推擠，沉默安靜的排著隊。也許是因為這樣的秩序，所以我也可以不害怕吧，即使歸途仍充滿變數。

終於在羽田機場等待登機的時候，靜下來的我想起那些安靜的畫面：止不住的默默的眼淚、低聲而壓抑的啜泣、災區盼不到物資的無聲等待、沉默的排隊排隊排隊……忽然感到巨大的悲傷往胸口襲來。

曾經因為這個社會的安靜自制而喜歡，因為到哪裡都可以不受打擾、不被無禮的侵犯，咖啡店裡可以看書不會有哇啦哇啦大聲講話的吵雜，公車上不會被迫聽別人手機的大方對話……但這個時候我卻想說：可以不要這麼安靜吧。在臺灣因為地震而跑出來的人不論識與不識都會互相嚷嚷嚇死了嚇死了，去超市搶貨一定亂糟糟可能還互罵，災民對著鏡頭大無畏的嚎哭，缺乏物資的憤怒立刻爬上嘴邊，也許整個「有勇無謀」像無頭蒼蠅，不知怎麼好像有種生命力。

「怕麻煩」和「避免麻煩別人」的有禮社會，另一面其實也是「我不麻煩你」、「請你也不要麻煩我」的同義，在關鍵時刻便顯出一種「有禮的冷漠」。譬如學生在八點的夜裡遇色狼襲擊，整條街狂奔喊叫沒有人探出頭聞問；譬如因為車站電梯停擺我拖著十七公斤的行李吃力上階梯，不會有人伸出援手；在這社會是正常的，因為「怕麻煩」，也怕「造成別人的麻煩（人家又沒說需要幫忙）」。彷彿看見別人的狼狽是無禮的，要趕快避開才是，若是如此，那麼暴露自己的狼狽便是難堪的，既是難堪的還呼天搶地無視於他人豈非更無尊嚴。

你們怕不怕呢？我不會問日本朋友這種「無聊」的問題，只會懷抱著祝福。

但是，其實不用這麼安靜的，真的。有時候就像在被埋在瓦礫堆的嬰兒，只管坦率而奮力的大哭就對了。

曬衣服

見面的時候，日本朋友說剛剛在等一個郵件所以有點擔心遲到。我以為是學校的文件，但她有點不好意思的說是烘被機。烘被機？先不說時序已進入春夏，就算是冬天，因為東京空氣過度乾燥，幾乎家家必備加濕器，跟在濕冷的臺灣必備除濕機是完全不同的。為何需要烘被機？

「前幾天我曬了被子，誰知道忽然下雨了，我趕回家已經來不及……只好趕快郵購一個烘被機亡羊補牢。」她說。

原來是要拯救被淋濕的被子啊。

「曬被子」這件事在臺灣家庭也許一季有一次，但在日本，只要天氣晴，說一週一次也是尋常。假日時看見左鄰右舍，以及對面人家陽臺上掛出了被子，曾想過要不要跟進，但一瞬間覺得這是個用來折騰日本主婦的差事，很快下了不被制約的選擇。

不常曬被子，但曬衣服是一定要的。

把洗好的衣服晾在外面自然乾是亞洲國家的習慣，雖然在歐美地區或視為不雅而不被接受，也彷彿是「買不起電器」的低社經位階象徵。但讓衣服有陽光的味道，不僅是一種「殺菌」的心理效應，也有無法取代的「香氣」。比起將濕淋淋的衣物直接用烘乾機烘乾既傷衣料又耗電，亞洲的堅持也不無道理。

在可稱為世界家電王國的日本，乾衣機幾乎家家有之，但對於衣物需日曬、日光可殺菌的執著絲毫未減，大約已是不可動搖的「傳統價值」了。曬衣服會被認為不雅，大概是因為個人衣物是私密的存在，貼身衣褲就更不用說了。把衣服大肆的晾出街區，形成亂七八糟的「萬國旗」；或將陽臺用鐵架推出利用空間曬衣，好似把衣服晾在底下行人的「頭上」；將公共視野畫為自家後院，外人不免有種「被侵犯」的感覺。

但若整整齊齊地晾在自家的小陽臺內，晴空下走過社區，瞥見衣杆上洗淨的衣物，倒也覺得這個社區、這個家充滿了「人氣」。在陽臺上設有曬衣架是日本住屋的基本配備，住戶只要準備掛衣杆或掛衣繩之後就能直接使用。有時在陽臺曬衣服也會遇見鄰棟主婦出來曬衣服，這時微微點頭，好像也成了一種人際往來。

只是，晾衣服晾出「私密性」也是真的，出現專偷女性內衣褲的變態小偷也時有所聞。而且光看晾出去的衣物就知道是不是獨居女性，所以據說有人建議獨居女性曬衣時可以多晾一條男性內褲來「混淆視聽」。我不知道有沒有人這麼做，但我並沒有把貼身衣物掛出去。一方面是擔心早上出門匆忙，所以多半夜間洗衣，二方面的確是因為隻身居住而有所顧忌。加上空氣乾燥，通常手洗內衣一夜就乾了，也用不著乾衣機。所以除非有外衣的清洗，才會在陽臺曬衣。

大概因為這樣，到超市買洗衣劑時，在眾多功能中（譬如柔暖、香氣、不含螢光劑等等）赫然發現有「室內晾乾（部屋干し）」專用洗衣粉，不禁會心一笑。上面說明寫了添加殺菌配方，以彌補衣物「無日曬」的缺陷。似乎可為習慣夜間洗衣，或者整天不在家、不方便即時曬衣服收衣服，只能在室內晾乾的人提供一點「救贖」。可見「曬衣服」真是難以捨去的依戀，自不光在於考驗主婦們是否賢慧。如果有一天這社會集體不曬衣服了，應該是大事一件。

・

「我最近都不曬衣服了。」東京朋友說。

大地震之後的幾個月，很多東京主婦不曬衣服了。「先生的衣服就算了。孩子的一定不行。」朋友說。

輻射汙染對身體的影響，孩童是成人的好幾倍。福島核電廠氣爆之後引發的輻射汙染陰影，成為實際經手（照顧）家庭成員健康的主婦們的集體焦慮。飄散在空氣中的輻射塵，隨著雲層擴散，降下的輻射雨連遠在京都的宇治都無法倖免，茶葉一度被驗出輻射值超標，那東京人的疑慮就更不用說了。擔憂晾在外面的衣服會沾染輻射塵以致附著在皮膚上，不如全部晾在室內。

經常曬著棉被的對面大戶人家，陽臺上已經很久都空無一物了，隔壁小平房也不再見主婦到後院把衣服晾在花木之間。

看不見曬衣服社區陽臺，讓我感到有點寂寞。

接著梅雨季到了，不說豪雨，包括淅淅簌簌的小雨，大家都謹慎的撐起了傘，冒著微雨騎單車的瀟灑也少了。「沾到了輻射雨該如何處理呢？」媒體節目出現了這樣的答客問。災後不到三個月的東京，輻射塵被檢測超標的不安感還沒有過去，就算政府一直說不要緊不要緊，對生活細節非常敏感的女性（主婦）內心自有標準。

我自己在雨天出門的時候，回到家就立刻在玄關將沾附在衣衫上的水珠拍掉，然後從頭到腳將外衣脫下，丟進乾衣機快速把濕氣烘乾。坐在床上聽乾衣機闃闃低鳴，有種既荒謬又悲傷的感覺：整個冬天、下雪的冬天，我都沒使用過乾衣機，想不到在春天會為了消除輻射雨的疑慮而啟用。

大戶人家圍牆外常常有一隻虎斑貓徘徊，有時懶懶的睡在圍牆上，襯著隨風擺盪的外晾衣物，便是一幅居家安適圖；隔壁平房後院植了日本夏日常見的紫陽花（繡球花），已經靜靜地展露出藍紫色的花球，原本洗淨的衣物應該就晾在上方的衣杆。不曬衣服以後，不知怎麼就覺得一切失去了生氣。或許也跟梅雨季的空氣太潮濕太鬱結有關吧。

雨季末尾，夏天即將到來。這社會上上下下開始討論起如何因應「節電之夏」的衝擊。雖然這仍然是災況對應，但從企業到民間，等待節電挑戰的各項（身心內外）準備，意外顯出一種「活力」。好像通過七、八月炎夏節電的考驗就可以更有信心面對未來一樣，大家都下了決心要努力配合。

消暑建議紛紛出現，霪雨的天空逐日開敞。

那天醒來，有陽光。打開窗簾從陽臺望出去，看見對面大戶人家曬了棉被。一時激動連線跟臺北朋友說：「我看見對面人家出來曬棉被！」

「啊？曬棉被？有什麼特別嗎？」臺北的朋友說。

臺北朋友不懂是正常的。

就像我在陽臺上，彷彿聞到太陽曬入棉被留下的「殺菌」香氣，那種彷彿負載了多少內心的創傷才又重新獲得的味道。懂得了就是懂了，其實說不得。

「你不懂啦。我要去曬衣服了。」我說。

超市的表情

喜歡逛日本的超市，連便利超商都喜歡。如果是在歐洲更喜歡逛市集，那些黃黃紅紅綠綠滿籃的蔬果，分外有種生活感。而日本的超市與超商彷彿總藏著令人料想不到的念頭、料想不到的日常生活表情。

在東京的住處附近有兩家超市，一家靠近車站是平價連鎖超市，一家靠近學校是「貴婦級」連鎖超市。文教區的服飾店少得可憐，但我只要有超市就很開心，三天兩頭就會去逛一下，興高采烈盤算著該買些什麼日常食材或用品，成為閱讀書寫之餘最好的調劑。

平價超市是尋常主婦、一般家庭出入的地方，無論何時總是人氣滿檔，門口也很熱鬧，偶爾有當地農戶的蔬菜水果擺攤叫賣，也有生活用品臨時銷售站。我被賣運動器材的推銷員攔過，情急之下冒出一句：「對不起我是外國人。」結果對方一愣，但立刻說：「欸，外國人也是要運動嘛！」兩人忍不住都笑了。就是這種在地的庶民氣讓我很著迷，覺得自己在異地很真實的存在。

超市裡的貨品擺設非常整齊豐富，因為政府規定產品要有明確的屬地標示，所以每一件都貼著「產地身分證」。大大的紅黃甜椒通常來自韓國，綠花椰菜是美國，小松菜空心菜菠菜等菜葉類多半是茨城群馬等東北各縣，高麗菜是千葉、神奈川，白蘿蔔是青森，漁獲當然是東京灣或北海道，如果要吃明太子就找九州產。肉類的話，國產的溫體牛雞豬自然遠遠優於冷凍再解凍的澳洲牛美國豬。在乾淨的生鮮食材賣場逛上一圈，東想西想今日的菜單，不知怎麼就有種身心的療愈。

一樓的熟食區更是繽紛，忙碌的職業婦女或單身上班族，回家前來一趟立刻解決晚餐的燃眉之急。加上平價的甜品、麵包、三明治琳瑯滿目，在在散發著非吃不可的訊號。不愛甜食的我也像著魔似的，連續吃了三次的櫻花麻糬。

貴婦超市就有一種不慌不忙、既似優雅又似裝模作樣的高尚氣氛。在一堆標榜有機、無毒的嚴選食材中，像我這種非貴婦級的顧客，最大的樂趣來自於欣賞與想像。同樣一串巨峰葡萄平價超市賣日幣七百五十九這裡賣兩千，平價超市小松菜一把是日幣八十八這裡三百八十九，想像這不知有多清甜美味，也想像著原來食物的世界也像我的職場一樣充滿著身價評比的殘酷。

超市的表情是家常生活的表情，就像我跟臺北朋友不厭其煩分享的瑣碎小事，看來貧乏，但其實是一種人生的邀請。只是，當我忽然冒出「像這樣一來一往的瑣碎，自己何時會不耐煩？」的念頭時，並無從預知這個世界會如此的回應我。

兩個超市都有禮品專區，配合著節日作出不同的表情。二月十四日情人節有情人巧克力專區，接著就換成三月三日女兒節的擺設，然後立刻改裝，準備迎接三月十四日的白色情人節。

沒等到三月十四日，超市的表情就全部變了樣。

•

東北大地震的當日與隔日，東京都是暖日冬陽的晴天，雖然電視全天持續更新災區已知與未明的驚駭景況，福島核電也狀況難料，但東京因為幾乎沒有房舍倒塌也沒有海嘯，當晚無法回家的「歸宅難民」也都在隔天電力恢復後陸續歸位。冬日太好，走在巷弄讓人有種災後歸於平靜的錯覺。

但超市的表情不會說謊，三月十三日生鮮貨架全空，掛上「很抱歉因為東北強震，交通中斷，物資無法運送」的牌子。顧客依舊井然有序的賣場裡燈光黯淡，速食與礦泉水也所剩無幾。才一日之隔，貨架全空的畫面太震撼。我的錯愕不在於害怕，而在於超市毫無距離的呈現了災難的具體。指出東京無法「獨立生存」的事實，並且說明問題才正要開始。

儘管媒體用「疑心暗鬼」來指稱東京超市民生物品的淨空，但無非該說超市最能反映人心的不安，即使表面如此沉默，心裡的話語是「我們願意為了社會安定展現有秩序的承擔，但並不表示相信東電的鬼話和政府的宣告」。

第一次從超市空手而返，帶著貨架淨空的畫面回家，想著該如何組合自己的地震包，其實我連電池都沒買到。而像超市的表情一樣，有些朋友關係像貨架一樣本來滿溢的但忽然就空了，有些卻像後方資源一樣源源不絕湧入我心，滿滿形成了補給站。

東京很快宣布進入限電熄燈那時，被視為等同二次戰後的艱鉅時刻，但超市裡白色情人節的櫃位還是存在的。對節日少有執念的我，當時希望無論是無聊的、荒謬的、好笑的，被商業炒作的種種節日都能如常進行，因為能如常進行任何節日的世界，就是太平的世界；能有如常的無聊瑣碎就有如常的幸福。

·

災後一個多月，回到東京。像回到家的熟悉，我一點也不想、不敢外食，立刻去超市報到。歷經輻射空污、水污、限電之後的東京，危機仍在，但物資已逐漸補足，除了因為節電使燈光減半之外，超市又回到一種「豐足」的面貌，或者，可說是「過分豐足」的面貌。高麗菜青江菜小松菜茄子玉米是籃架上滿滿的豐饒，好像一直不會減少。

不會減少的秘密，也許就在蔬果之間瀰漫的竊竊私語裡：「瞧，顧客又走過去了。」「噢，這位不嫌棄不嫌棄！」「大概是因為便宜。」「不，大概是因為愛。」「……」來自東北四縣乃至驗出輻射汙染的千葉、神奈川等地的蔬果漁獲，都得到了不信任投票。國產牛雞豬不再是品質保證，「產地身分證」成為一個令人安心也令人悲傷的印記。

超市空間浮現了戰戰兢兢、心照不宣的尷尬表情。

第一次從超市空手而返，
帶著貨架淨空的畫面回家，
想著該如何組合自己的地震包，
其實我連電池都沒買到。
而像超市的表情一樣，
有些朋友關係像貨架一樣
本來滿溢的
但忽然就空了，
有些卻像後方資源一樣
源源不絕湧入我心，
滿滿形成了補給站。

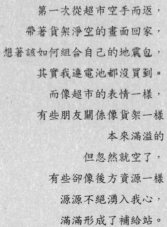

中斷一陣的「庶民季節性」又回到了超市，梅雨季出現了釀梅酒與梅醋的貨架，顆顆翠綠飽滿的梅子成了牆面的裝飾；還有櫻桃季，超市裡成堆供主婦挑選的鮮豔櫻桃，對應著文人讀者為紀念太宰治而舉辦的「櫻桃祭」，俗世風雅依然各取所需。但超市外的擺攤換成了「反原發」的連署，我要是對著發傳單的義工說「對不起我是外國人」，肯定獲得「外國人也可以反原發啊」的回應。推銷運動器材的不見了，換了一攤「輻射除汙」植物與食品，立牌寫了無比神奇的效果。

幾個月來到平價超市我都直攻韓國產的紅椒黃椒、沖繩的苦瓜和青椒，這些被許多人視為「苦手」的蔬菜還好我不太介意。也開始光顧「貴婦超市」，購買東日本以外的蔬菜，貴了好幾倍的旭川菠菜長崎牛蒡，島根的小松菜金澤的大黃瓜，說不出有什麼特殊甜美，也許只是稍求心安的滋味。夏天來時我等待美麗誘人的水蜜桃，長相甜美的東北產水蜜桃價格慘跌，還是不如姿態高昂的山梨縣水蜜桃有人氣，接連幾天我都帶了山梨縣的水蜜桃回家，仍在超市等待的東北水蜜桃逐漸有了枯萎的神情。但超市指出的生活真實無論如何都難以造假，政治大臣再多的宣示保證，最後還是必須在鏡頭前上演一場大口吞下東北蔬果的戲碼。

其實還有一種虛擬超市存在於經濟與社會中產位階以上的主婦裡，她們上網向關西九州等南方農場訂購食材，交易非常熱絡，特別是飲用水和雞蛋，一箱一箱所費不貲，訂單消化不及還需排隊等候。但她們說「大人就算了，不能不為成長中的孩子著想。」孩童遭受輻射汙染的身體影響是成人的好幾倍，這世界已經被大人搞成這樣，沒理由要孩子去承擔後果。

原來社會階級的優勢與弱勢在災難中也不曾改變，沒有足夠的經濟條件與時間就無法支撐在網路超市的消耗，平價超市的賤價蔬果終將進入大多數家庭，也許還能以「看哪多麼『物美』價廉！」「為東北振興盡了國民的心力」作為內心的安慰。

我依然愛逛超市，三天兩頭就去一次。我可以讀出超市的生命力與哀傷，因為那也是我的生活。

那些在震災之前與我分享瑣碎小事的朋友、曾經與我相約的朋友，彼此彷彿也有了一種滄海桑田。唯在我心裡想了許多次，如果能在東京相見，只想問：「欸，你……要不要跟我一起去逛超市？」

大學
湯咖哩

「去吃晚餐吧，妳吃湯咖哩嗎？」一直在宿舍等著的Y這麼說。我在傍晚剛抵達學人宿舍，海運到的兩個紙箱，以及我的行李才剛剛放下，還來不及打開、整理，天就已經全黑了。「先吃飯再說，吃飯很重要。」她笑。Y是我在這所大學的共同研究員，我們要相處一學期。

雖然二月已經進入初春，但幾個星期來東京還是陸續下了大雪，看見路上車輛因雪打滑的新聞，出發前我還感到擔憂。但抵達的這週雪已經停了，氣溫也明顯回升。我因為帶著行李又走路的關係，絲毫不覺有寒氣。

Y說的湯咖哩店就在大學旁的巷道，很低調的門面泛著溫暖的光。這種從外表看來「不明就裡」的餐廳，做的應該就是「熟客」的生意吧。果不其然，同往的研究生笑說：「此處是老師教授們最愛，學生要不是跟老師一起來，就是『敬而遠之』。」其實不僅學生和老師一起用餐會感到彆扭，老師「誤闖」學生餐廳也是尷尬萬分吧，看來是否熟悉大學附近的「餐廳版圖」也是在地與外來者的界線區分。

湯咖哩來自北海道的「咖哩變革」，後來風行全日本，包括印度咖哩、泰國咖哩等，在日本也分別有湯咖哩的不同風格。比較起來我喜歡北海道的湯咖哩，覺得在濃稠比例與滋味上最有和諧感。有些人對於咖哩變成湯不太能接受，這也是Y要先徵詢我吃不吃的原因，後來我才知道湯咖哩是她的最愛，幾次邀約我用餐，皆脫口說「吃湯咖哩好嗎？」

跟著Y當然不只吃了湯咖哩，她奉行「努力工作／研究」之後就得好好吃一餐作為慰藉的原則，即使在「女人一人用餐很奇怪」的日本，就算先生不能陪同，Y還是曾經泰然自若（並優雅）的一人吃牛排、一人吃法式料理。我立刻就發現我們可以相處得很好，因為我討厭裝模作樣的女人。加上我們都不喝酒、更受不了菸味，不會有誰掃了誰的興，用餐很容易達成共識。

一方面是工作後的解憂、一方面盡地主之誼，Y於是與我相約開學後每週上完課後可一聚，她還開出了包括大學區、下北澤、吉祥寺、新宿等用餐的「夢幻名單」，之後我們在一次的螃蟹大餐後各自進入安靜的冬日生活，等待新學期的到來。只是，還不到開學，三月，原先的「夢幻名單」很快成了「夢幻泡影」。

・

大地震發生的當下，我們各自在東京的角落，不知彼此的狀況。回家看著不停更新的災況畫面，想像東京朋友忙著聯絡親友、安撫孩子、等待災後答案的種種，忽然意識到此刻全東京的人都在面對全新的狀況與不安。大難來襲彷彿某種人生「洗牌」，讓這城市的人（不管「在地」或「外來」），在生活的經驗值上同時歸零。因此我也瞬間明白，自己無可「仰賴」誰。

當晚的學人宿舍區非常安靜，而且黑暗。

說是學人宿舍，但並不設在校區內，而是位於校區附近的民宅，單人公寓或雙人公寓都是雙併的二樓建築，門前依照日本的習慣，都掛上寫了全名的門牌。我和我對門的名字一看就知道是華人女性，其他的也很容易分辨：韓國學者或是美國、德國學者。但基於隱私或者作息、學門的不同，我和我對面的學者一直沒有照過面。

即使如此，戶戶都有人的學人住宅區，經常充滿生活的小小聲響：開門、關門、庭院聊天、孩子放學、單車的剎車……唯獨這個大地震的夜晚，卻非常安靜、而且黑暗。有人在嗎？我不知道。至少我在，正這樣安靜的坐在屋內、看著新聞。

黑暗是因為路燈都熄了，幾乎全毀的東北，也瞬間影響了大部分的東京電力。當晚大家就「共體時艱」，商家外燈都不開，只開店內的燈營業。

終於接到Y匆匆互道平安的電話之後，進入了非常「空」而漫長的夜。所謂「空」是彷佛原來晚上該正常做的事好像都不適合了，譬如看書、寫稿、看電視節目，或者洗澡……感覺做什麼事應該都會被突如其來的什麼中斷似的，沒有可以信任的安穩。

想一想，我騎單車出去了。很低的氣溫，暗裡見校園內的單車成排塌倒一地。轉入大學旁的小巷，就看見那家湯咖哩了。外燈雖滅，但從窗框看見裡面熒熒燈火，仍營業著，映照著安然用餐者臉龐，彷彿有種亂世的日常。我想起初到的當晚，Y朗朗的一問：「妳吃不吃湯咖哩啊？」以教授和研究生為主客的湯咖哩店，作為我東京生活的序幕。當時數日的大雪剛過，迎來了晴光，我們都以為春天到了。

．

從臺北再度回到學人宿舍時已是春末。才剛進門，電鈴就響，對面的「鄰居」忽然來訪了。自我介紹是內蒙來的學者後，也許發現我意外的表情，為自己的突兀感到不好意思，停了一下解釋說最初雖然猜到（看名字）我應該是臺灣來的，但是怕打擾所以並沒有來訪。可是：「三一一大地震那晚我忽然覺得很害怕……那天妳在嗎？」「我在。可是當時這邊很黑又很安靜，我以為大家都不在。」「是啊。」聽我一說她便放鬆的聊起來。

因為她說自己日語不太好（應該是客氣），看新聞不是很懂，那天想來按電鈴又覺得冒失，過幾天因為災後情況不穩定愈想愈害怕，鼓起勇氣來按電鈴，但是：「您回臺灣了是嗎？」「嗯嗯，」我說：「你們的話……中國大使館不是有安排？」「沒有的事……您看哪兒的報導？」「臺灣的新聞有播。」「沒有的事……」她重複一次。接著說：「不過，中國大使館倒是暫時從東京撤到大阪了。」「欸？」我剎時愣住。然後兩個人互望笑了。「真高興您回來了。」她說。輻射汙染的狀況一直未能平息，夏日節電也即將展開，感覺上有互相認識的「鄰居」似乎比較安心一點。

雖然如此，因為學門、作息不同，自己又拙於建立新人際關係，我們之後幾乎沒有交談，也沒碰到面。只會在玄關聽見對方出門、或回家的聲音。

對方第二次來按我電鈴，是跟我分享她到臺灣的體驗，以日本訪問學人的身分申請到臺灣在手續上相對容易些，「所以我到日本，心裡就期盼著有機會去臺灣。」她如願以償非常高興，還拿了幾個鳳梨酥要給我「解鄉愁」。說我們都是女生所以下次可以約一起逛街、或是每星期約吃飯。面對她的熱情我難以回應，又不擅長說出隨口應允的應酬話，遂有些侷促……

之後夏天來了。因地震延後開學的短暫學期也要結束了。自己開始準備結案演講，並關注著災後社會、以及「節電之夏」的進行，便也無暇顧及其他。直到要離開的前一週，我把需要海運的東西讓郵局取走，坐在書桌前想了想，覺得心裡有一個沒說出口的約定要去完成，然後打開門，走到對面，按了電鈴。

跟對方告別時，我說：「一起吃飯吧。」她開心的說：「啊，終於約成了。」我問說去哪裡吃，她說：「妳吃湯咖哩嗎？」

一瞬間我彷彿回到剛剛抵達的那個夜晚，房間也如目前這般行李裝箱散置的空曠，Y朗朗的一問：「去吃晚餐吧，妳吃湯咖哩嗎？」

回神後我問：「妳是說校區側門小巷內的湯咖哩？」

「就是啊，我們研究室師生常喜歡在那裡吃飯。」她說。

（此處是老師教授們最愛，學生要不是跟老師一起來，就是「敬而遠之」。當時研究生的聲音在我耳邊出現。）

我們自然而然約在這家至今我仍不知道店名的大學旁湯咖哩，一起和這座城市的人經歷了前所未有的災難，是不是也因此成了半個「在地」者呢？跟Y去吃過之後、三一一發生那天經過之後，我沒有再去吃過這家湯咖哩。如今再度造訪，想起和Y初見的當晚，不過是半年間事，卻感滄海桑田，如夢似幻。

「鄰居」介紹著她的家鄉，說著草原的被破壞、說著學界以及海外生活的種種，我聽著聽著卻有些恍神……彷彿因為就要離開，新的人際新的訊息也都不相干了。

餐後她堅持請客說這是「內蒙習慣」，走在大學路上，並懇切的說：「下次請到內蒙來找我，讓我招待，夏天是好季節。」這時我應該說「那也歡迎來臺灣找我，我招待妳」才是，但我依然訥訥說不出口。我不確定自己是不是能（想）做到，又說不出場面應酬話……

對我來說，和Y一起吃的湯咖哩像是故事的開始、人情的延展；和「鄰居」一起吃的湯咖哩，是故事的結束、不會延展的人情。

而那個滋味，卻從此在我人生裡，成為永恆。

我們自然而然約在這家至今我仍不知道店名的大學旁湯咖哩，
一起和這座城市的人經歷了前所未有的災難，
是不是也因此成了半個「在地」者呢？

食物的鄉愁

在東京生活，朋友曾指點我若想買臺灣的食品不必到橫濱的中華街，立川的百貨公司頂樓餐食街就有一家中國（華）超市，雖然比不上橫濱，規模也不算小了。我好奇去看看，果然看見統一肉燥麵、維力炸醬麵、黑松沙士、泰山仙草蜜、永和豆漿、沙茶醬……等熟悉的食品，價格比起臺北當然是翻了兩翻，但這是「鄉愁的價格」吧，原本就無法用常理計算。

只是我對食物的「執著感」很低，在這些食品、飲料、調味料上面並沒有鄉愁。那些身在異鄉對臺灣小吃眷戀到無法自拔，進而自己能做肉圓、包肉粽、蒸包子……以至於到中國城去購買臺灣零食等等，對我來說應該都不存在。

在臺北生活外食很方便，外食人口比例也很高。忙碌的生活裡，下班後直接外帶食物回家，小家庭一星期都不開伙似乎也很尋常。東京也是個外食方便的城市，下班時間前後，超級市場的熟食專區經常大排長龍，大約也都是準備帶現成料理回家做為晚餐的。

所以，一個人在東京生活，又吃的簡單，外食似乎比自己動手料理方便。光是每餐要用電鍋煮出「一碗飯」，想來就不是很合理，何況張羅「一人份」的三菜一湯。

但不是這樣的。

真正的在地生活，沒有人上超市永遠只買熟食。對日本飲食不陌生的我，心裡知道自己「食物的鄉愁」在哪裡。

同是米飯的國度，在主食上可以無縫接軌，但日式料理的烹調多半是不「炒」的，特別是青菜多生食，雖有少數水煮，但沒有熱炒的選項。長期的生冷青菜無論如何都安慰不了我的「臺式胃口」。湯也是。雖然臺灣沒有香港的煲湯文化，但仍有多樣的「湯料理」，日式料理中的湯就很貧乏（說來就是味噌湯吧）。比較起來，日本人用餐喝不喝湯無所謂，啤酒倒是一定要喝的。但用餐時好好地喝上一碗湯，無論是費工夫的熬燉，或是簡單的清湯，不僅暖胃也暖心，對我來說不可或缺。

中華餐館彷彿也是另一個化解「食物鄉愁」的所在。但比起超市裡渡海而來的「原裝貨」，國外的中華餐館因顧及在地喜好，多數都只能說是「贗品」。不知為何，「勾芡」料理和炒飯成為日本人心目中中華料理的代表，特別是前者，幾乎陷入一種「凡勾芡即為中華料理」的迷失。至於小吃則以肉包為王道。然這些其實都跟臺式料理沾不上邊。上中華餐館的經驗多半讓人失望，也許就像日人在臺灣吃到某些「臺式的日本料理」一般，說不上「故鄉味」。

或許也有例外的。

曾經在吉祥寺附近請臺灣研究生吃飯，問對方想吃什麼。思索中他忽然提到那附近曾有一家臺灣媽媽經營的排骨飯小店，因為是非常道地的臺灣排骨飯，即使一份折合臺幣約兩百五十元，留學生們口耳相傳偶爾一吃，未得返鄉的身心就從五臟六腑開始得到了慰藉。看著他的表情我立刻相信了，因為那種「食物的鄉愁」無法假裝。

而我不用上中國（華）超市，也不用去中華餐館，每天為自己炒個青菜，燉個湯，是我在東京生活中所建構的、無法以外食取代的飲食日常。

・

大地震發生的那個下午，時間彷彿過得特別快，在餘震不斷、災況不停新增中，瞬間就來到了夜晚。天一黑，才知惶惶然。看著電視上東京二十三區內臨時收容處已準備妥當、將引導數以萬計無法回家的「歸宅難民」入內休息的訊息，始真正意識到，這只是個「開始」。雖然東京的建築物幾乎沒有大礙，只有少部分受到損傷，但看似一切平靜的災後，空氣裡卻有一種未知的不安。

不能關電視，一直不能關。

因為除了電視，我不知道還能從哪裡獲得與這個社會的聯繫。一個人的異國，以及全新的災難經驗，我無從從任何在地者身上得到幫助。

螢幕裡的災況瞬時更新，螢幕前我的時間卻彷彿是凝滯的。

好像不餓，一點都不餓。但我起身開始做晚餐，把早上買的、已經吐完沙的蛤蜊洗淨，放入湯碗內，加點水以及薑片，放進電鍋裡去清燉；接著洗菜，一葉一葉，準備待會兒入鍋炒；再把中午滷好的排骨慢火加熱一下，一時間香味四溢……就跟每一個尋常晚餐一樣，為自己炒個菜、燉個湯。像這樣持續著飲食日常，感覺著時間的流動，就像這世界並未失控。

其實一直在失控。

「開始」、「收拾」、「結束」、「復原」。這幾個面對災難的順序只要一個沒有跨過，就無法過渡到下一個。

三一一的震災就是一直停留在「開始」，從強震、到毀滅性的海嘯、到失控的核電廠，每一分鐘每一刻每一天，災難都有新的「開始」，所以無法過渡到「收拾」，更遑論「結束」。誰也沒料到，原來災難的「開始」可以這麼沒完沒了，以至於人們必須學習在「災難進行式」中去建立正常生活。

災後第一天，一切充滿未知卻又似如常。災後第三天，超級市場裡的生鮮櫃位全部空蕩蕩，作為東京糧倉的東北地區已經肝腸寸斷。我用之前買的青菜，以及排骨燉湯，還是為自己準備了晚餐。接下來，電的供應可以嗎？水可以正常飲用嗎？

「妳要不要去一下附近臺灣人開的中華餐館？」臺北的朋友建議我。

「為什麼？」

「因為是臺灣人嘛，至少可以問問消息什麼的。」

覺得有點荒謬，但我第一次踏進這家小有名氣、臺灣人經營的中華餐館。

店裡人很少，穿著改良旗袍領制服的中國工讀生懶懶的遞給我菜單，我用中文問：「你們女老闆呢？」「不在這裡，在總店。」又百無聊賴地回去櫃臺坐。

我點了咕咾肉定食，看見菜單特別標記了臺灣甜品「珍珠奶茶」的圖片，一杯日幣四百五十元。這種餐館氣氛配珍珠奶茶有點「不對」，定食送上來配菜是日式生菜沙拉和冷豆腐也「不對」，咕咾肉還好沒勾芡但甚油膩還是「不對」；果然異國中華餐館在我心目中仍然就是鄉愁的「贗品」。臺北的朋友可能不知道，在這樣的「贗品」裡沒有什麼土親人親這種事，這是異鄉，充滿災後未定狀態的異鄉。

「我們打算暫時前往南方避難了。妳呢？」東京朋友問。

「我回臺灣。」我說。

災後一個多月，回到東京。核災仍進行著，夏日節電面臨挑戰，災後狀況依然有無數的「開始」，還到不了「收拾」的階段。但超市裡的物資早已恢復正常。不過立川那家中國（華）超市因百貨公司改裝而消失了。

「妳剛回來，應該跟妳吃個飯，但現在外食有點不安心，所以……」東京朋友說。

「我知道。我要去超市買菜。」我說。

「嗯，那注意一下產地。」

「我知道。」

「食用水的話，現在有國外進口的一箱一箱……」

「好，我知道。」

「如果有需要蛋跟我說，我從九州農場訂了兩大盒。」

「好，我知道。謝謝。」

「還有……很高興妳回來。」

「欸、我知道。」

我們互望笑了。

回到東京第一晚，我到超市買了島根縣的菠菜、宮崎的山藥、鹿兒島的豬肉、印度洋來的冷凍海蝦，還有加拿大的飲用水。燙了青菜、燉了湯，依然是我所建構的「臺式」飲食日常，是屬於我的食物鄉愁。

而一切如常，一切並不如常。

粽子

從小不愛糯米，所以也少吃粽子，大約只有在每年端午節一次。端午是民俗大節，雖然不愛吃粽子，但當家裡開始出現綠色的粽葉、糯米、內餡配料，接著飄出粽香，就知道一年又將過半了。長久以來每年就在端午節吃一次母親手製的中部粽，然後迎接我最討厭的盛夏來臨，已經成為習慣。

在東日本大震後暫時返臺的我，在東京電力宣布一個月的限電措施暫停後，決定返回東京進行未完成的計畫。這之間雖然家人問過「一定要回去嗎」，但基本上沒有干擾我的決定。當時千葉沿海的餘震不斷，成田機場或有無法起降的變數（還好松山羽田的通航使臺北到東京可以避開成田），接著是水資源的汙染、輻射雨的疑慮，還有食物的安全選擇等狀況。

最初家人以為我預備回到居處整理東西、跟大學中止客座計畫，然後就回到臺北。但回東京一星期後我就決定留下了。

「端午節之前妳會回來嗎？」離開時母親問。

「不知道。如果東京又開始限電的話。」因為輪流限電（分區停電）對生活的影響太大，交通運輸、水和瓦斯的供應都會產生困擾，所以成為去留的關鍵。至於端午節，那重要嗎？

日本雖然也在陽曆五月五日過端午節，稱「端午の節句」，有吃粽子和柏餅、插菖蒲避厄的習俗，但因為「菖蒲」發音與「尚武」同，所以這個節日主要被具有勇士精神的「兒童（男童）節」所彰顯，掛出鯉魚旗祈求男孩平安勇健長大，成為日本五月五日最鮮明的意象。吃粽子倒未盛行。

曾經有到過臺灣的日本朋友在端午節被熱情款待，沒想到收到一堆粽子，因為日式食物少有油膩膩的烹調，實在難以消受，所以非常苦惱。她說起這件事時，未料在座有臺灣男性語帶嫌棄又偏激的說：「大嫌い、全て捨ててもいい！」（那種討厭的東西全部扔掉也沒關係！）果然為了「應景食物」而苦惱的大有人在。

我總為夏天的酷熱、諸蟲所苦，對宣告盛夏來臨的端午節也起不了善意。所以不過端午節、不吃粽子，對我而言毫無損失。

時序逼近盛夏，六月時東京終於宣布七、八月以「節電之夏」定調，保障民生用電，不輕言限電，但要求大家努力自我節電，並將對不配合節電措施的企業開罰。

「我暫時不回去了。」跟家人說。

「那……要不要幫妳留一、兩顆粽子？」母親說。

三一一地震後，日本社會「反（脫）原發」聲浪高漲，核電「乾淨便宜」的神話被拆解，「不使用核電就會缺電」的警告也被挑戰，企業、政府、學者與既得利益者以人民福祉為祭品的共犯結構逐一透明。於是我知道這個夏天東京不會限電，一方面是民眾一定會齊心努力節電，證明關閉核電廠依然可以正常生活，一方面是東電必不敢再犯眾怒，輕易以缺電來恫嚇大眾。

「不用留了哪。」我說。

•

處在異國社會，生活節奏也跟著當地走。進入夏季最具指標性的食物是鰻魚，不是粽子。作為日本夏季補品的鰻魚，被認為具備豐富的營養元素可以補充在炎熱中流失的體力，預防中暑與熱衰竭。特別是在「節電大作戰」的此夏，尤需注意身體的健康。因此，如何吃鰻魚、料理鰻魚，推薦餐廳、嚴選食材等，跟如何節電、如何消暑，並列為電視節目的熱門話題。

當我的臺灣朋友們紛紛在網路上丟出返鄉搶票的熱潮，以及垂涎粽香的端午訊息時，我則是到超市選購了真空包裝的蒲燒鰻，自己製作了鰻魚飯，同樣非常應景的、迎接屬於我的盛夏到來。

夏季聖品除了鰻魚之外是水蜜桃，山梨縣的白鳳桃終於在夏季成熟，香甜多汁，上超市總不忘帶上一盒，跟家人通話時也興致勃勃的分享著。母親最愛日本水蜜桃，可惜無法帶幾個回臺北。

「所以妳七月確定不會回來了。」母親忽然又問。

咦，之前不是已經說過了？我也已經安然的迎接了東京之夏。

「那就把粽子吃掉了喔。」

什麼！端午節的粽子？多久了？一個月？

「放在冷凍庫可以保存一陣子啦，想說妳可能會回來。留了一兩個。」母親說。

唉呀，趕快吃掉吧。反正我也不愛吃粽子。——原本想這麼說時卻不知怎麼腦中瞬間閃過幾天前的新聞畫面。

震災後久久無法開學的災區小學，有些終於能在五月、六月復學了。雖然遲了許久，校長仍帶著在災難中倖存的孩子，連同家長，慎重的主持開學典禮。教室很克難，座位也空了不少，場面既感傷又感人。我個人對於行禮如儀的事總有些無感，對日本社會在儀式（典禮）上的執著重視也感到拘泥。但此刻我彷彿能透過儀式看見療癒與前進的力量。

同年六月九日村上春樹在加泰隆尼亞獲頒國際獎時的演講內容，講述了在日本社會許多「集團式」的行為下，內在藏有的「無常」人生觀，以及在無常觀中生出一種絕不放棄的、美的追求與觀照。像賞櫻賞楓等等每年例行的活動，那種不厭其煩、熱衷參與的重複，是和臺灣社會常見的「一窩蜂」不同的。在「無常」的文化基底下，特別想要珍視／確認在眼前積極綻放、又瞬間消逝的生命的美。

就算總是重複又重複的美，許多習俗也重複又重複的過了，能年年如此確認，也是無常裡一種「恆常」的存在吧。經歷毀滅性的災變後，我忽然這麼領悟了。所以，儘管當時外國人紛紛撤離東京，賞櫻期一到，各地仍然湧入賞櫻的人潮。東京人帶著核災與地震的陰影，在瞬間繁華的櫻花樹下，尋找在無常中盡情「盡美」活著的無憾。

年年都有的重複與恆常，看起來如此輕易，更何況那些在生命中沒有重量的事物，就算突然消失好像也無所謂。就像不過（不喜歡）端午節、不吃（愛）粽子，對我而言毫無損失。但年年在家中飄出的粽香、每年只吃一次的母親手製中部粽，然後說著好討厭好討厭哪夏天又來了……卻是從小到大獨一無二的家庭儀式、令人安心以為會是永遠理所當然的恆常。就算突然消失也無所謂嗎？

「粽子不要留了，冷凍也不能太久。沒關係，明年端午再一起吃吧。」我說。

我知道會有一天再也吃不到母親的手製粽子，而應該就從那一天起，自己也不會再吃粽子了。

公民館與D女士

「要不要一起去吃午飯？」D女士問我。

所謂一起……我抬頭看見四、五位正準備離開的「老師」從門口那裡望過來。

「好啊。」我說。

D女士跟這幾位齡逾六十的媽媽們，都是在公民館教「新住民」日文的義工。「新住民」就是從外國來到日本定居的人（不是外商派遣之類的，多半是因為婚姻關係），女性男性都有。為了幫助新住民們盡早融入日本生活，類似臺灣各縣市「社教館」功能的「公民館」，就為不太懂日語的新住民免費安排了一對一日語會話課，也同時提供生活的諮詢。

公民館並不對來上課的人設限，只要目前是當地居民，都能利用這些資源。所以也有很多附近大學的留學生來上課，藉此獲得練習會話的機會。

我不是「新住民」，也不是留學生，但也來到了公民館的日語會話班。

•

二〇〇八年夏天第一次到東京短暫生活，安頓後不久，就想去練習日語會話了。

其實所在的大學就有「留學生中心」為外國留學生開設免費的日語課程，但我並非留學生，也不是為「衝入學考試」而來。先不說去辦公室詢問時，對方看我的身分登記就顯出了困惑……又加上每次經過開放式的日語交流空間，總看見／聽見來自韓國與中國的「研究生」（這兩國佔日本留學生人數前二名）在高談闊論，衝勁十足，總覺得無論是自己的學習「氣氛」或目標，要加入那個教室似乎有點格格不入。

一知道附近公民館有日語教室，就決定去公民館「講日語」了。

因為義工媽媽（或伯伯）們並不是專業語文老師，多半也不會其他語言，在一個半小時內就是不停的用日語聊天、說話，所以說這是「講」日語、不是「學」日語。

第一次我提早到了，站在安靜的走廊偷窺著教室，想著待會兒該如何「開場」，總是拙於社交的自己不禁心生退卻……不過時間一到，我立刻就走進去了。迎向我的就是D女士。已經在此服務多年的D女士經驗豐富，我們很順暢的聊了一個多小時。

雖然如此，最初我有點錯愕。因為感覺被「身家調查」了。D女士親切的打開話匣，問姓名、身分，到日本多久等等，這些基本問題還算尋常，接著問出生年月、出生地、學歷（包括學校名稱）、家裡住址電話（包括臺灣和東京）、婚姻狀況、父母親的名字（學歷和工作）、兄弟姊妹的名字（學歷和工作）……一面問一面記錄在資料卷夾內。

我需要回答這些包括親族姓名的詳細背景資料嗎？D女士問的如此自然，似乎一點也沒有「侵犯隱私」的想法，我不禁意識到公民館也許正藉由這樣的服務，去記錄新住戶的身家背景，作為地區對於居民成分的掌握。（這是否就是建構「社區意識」或「社區約束」的基礎之一？）

我的身分很單純，而且只是短期居住，並不是來當「日本人」的，也許因為這樣，之後話題就很輕鬆。每星期我都從D女士那裡得到不少觀光的建議，譬如何時花火大會、何時有祭典。她非常喜歡美術、繪畫，知道我研讀古典文學，常常跟我討論古代山水畫或仕女圖，並推薦我去哪裡看展覽。當然也聊生活，從讀書、旅行，聊到柴米油鹽、婚姻家庭。後來才知她原本就是日本美術、繪畫的講師，難怪具備了藝術的氣質。

因為互動良好，每週上課都是愉快的。儘管如此，像邀約吃飯種「課外」的活動還是第一次。站在門口等待的幾位「老師」，都是與臺灣留學生一對一會話的義工媽媽。

除了我是首次加入，其他臺灣留學生與義工媽媽老師顯然已有一段時間的熟識，有人已經順利取得知名大學的大學院資格，有些則在錄取的學校之間思索取捨。我閒聊生活，提起前一陣子才被NHK收費員上門收費的事。D女士說其實日本用戶也很多人欠繳呢，因為對於這種「強迫收看」的國家電視臺很不以為然，有人說根本都不看NHK，沒義務繳費，所以NHK只好經常派人出來還挨家挨戶的勸導收費，不過還是經常無功而返。

所以她笑說：「妳是外國人，又是短期居住，應該也很少看電視，其實可以不繳。」但是同座的M太太卻正色的說：「繳是應該的啊，妳這樣很對。」D女士則覺得這樣有點「欺負不明瞭實情的外國人」之嫌，然而對方認為這是態度問題，那些不繳費的用戶本來就不對。

雖然意見分歧，不過氣氛倒還好，只是大家觀點不同。

•

其實聽她們討論的時候，我已經不太關心NHK的問題了，想到的卻是「國性」與「個別性」的問題。

我們在看待外國的時候，經常以自己所認識的那個人，做為認識整個民族的窗口（譬如我們也經常被宣導，出國的時候行為要合宜，因為個人往往就代表著臺灣的形象），這樣雖然沒錯，卻也是有盲點的。當我們用「日本人」就是這樣、「日本人」就是那樣，來描述對方的「國性」時，使用的是如何的「樣本數」呢？也許所認識的那個人，本身就具有「特殊性」也說不定，做為整體「國性」的窗口便太過武斷。

如果只接觸M太太，下了個「日本人真是奉公守法」的結論，或者只接觸D女士，就下了個「日本人也未必守規矩」的結論，不僅是「不求甚解」，也不太合適。

同樣的道理，我當然也會被當成理解臺灣（人）的一個窗口吧，但這跟自己是不是「自認為可以代表」臺灣人是完全不一樣的。我跟日本人交談時總會說明這只是個人的想法，或者哪些才是臺灣大多數的狀況等等，所以，對於那些有意或無意，在外動不動就以「臺灣（人）代言者」姿態發言的臺灣人，總是覺得不舒服。

比方有人跟日本人說：「臺灣人」都不愛走路，走個路要他的命，跟日本不一樣（其他人我不知道，但認識我的人大都知道我很能走路，再說，這不是個別差異嗎）；又說：「臺灣的公車不像日本，橫衝直撞很可怕，還會出車禍咧。」（可是我在臺北就是那種每天搭公車上下班，覺得既方便又順暢的人）；或者：「臺灣中小學老師很變態，會有很多奇怪的體罰。」（雖然新聞仍不時可見，但那並非常態）……

以上這些，都是「被武斷論述」的形象吧？大概因為如此，之後我聽到「臺灣人都如何如何」、「日本人都如何如何」、「某某國人都如何如何」的武斷造句，都不免感到厭煩。

經過那次用餐，我覺得我碰到D女士是一件幸運的事。因為發現不論氣質、談吐、對應態度，都是在幾位義工媽媽裡和我最相投的。人與人之間真的很奇妙，好像相同磁場的就會自己來相見一樣。

D女士知道我只是短期住在東京，但是不知道我何時離開。我也沒有說。最後一次上課的時候，她正興致勃勃的分享著上週去上野國立美術館看畫展的心得，並幫我帶了繪畫明信片作為禮物。我拿在手裡看著，好像拿著餞別禮似的，忽然有點感傷。然後想到自己原來想帶禮物給她，又怕太過突兀而作罷，感到懊惱。

「今天是我最後一次來上課了。」我說。

「這樣啊。」她很驚訝。

然後說我們應該照一張相才是，但是沒有相機，她轉身去跟另一位媽媽說，有點措手不及的樣子。

後來我託研究生幫我轉送了故宮的書畫杯墊作為禮物，D女士給我寫了手機簡訊：「謝謝妳送我這麼棒的禮物，將成為我最好的紀念。儘管上課時間短暫，但每次都是快樂的星期六。未來有機會的話，請妳再來，我們一定要再見面。」

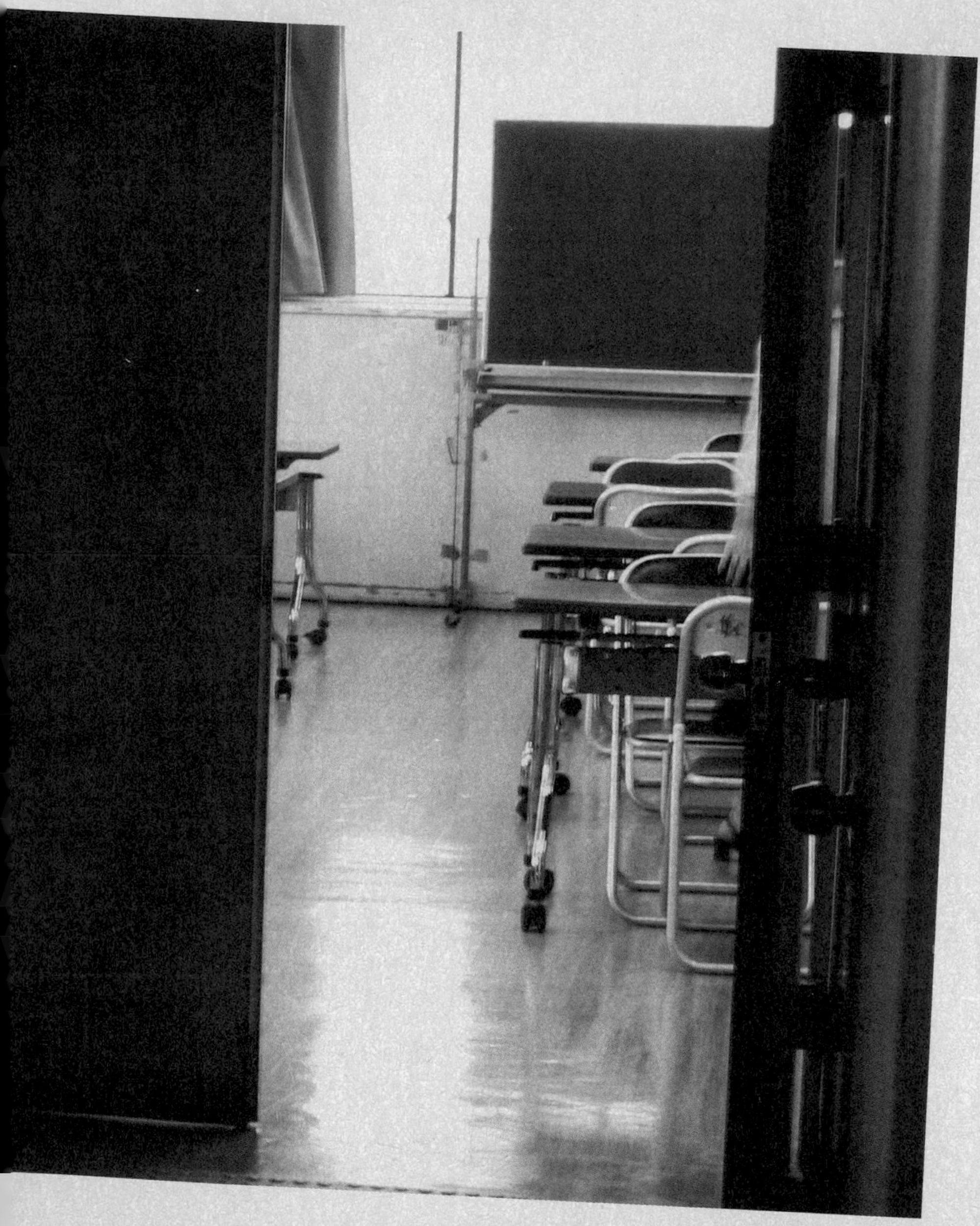

我們不一定能再見，我想，我和D女士心裡都知道。

二〇一一年我再度回到舊地進行短期研究，心想著安頓後再去公民館看看D女士還在不在。卻未料才安頓隨即遇上三一一強震，很多事情說不上開始也說不上接續。雖然最後仍然留在東京，但我沒有再回到公民館。

準備結案演講的時候，我騎車穿過校區，在東校區的門口迎面看見了D女士。她依然衣裝合宜，妝髮整齊，一手拿著絲扇，一手用手絹按擦著因初夏高溫曬出的汗珠。

我們意外見面了。我心裡一愣。

「啊，妳是……」她說。「對，我是。」我說。「上課？」她說。「嗯嗯，妳也是？」我說。綠燈亮了，兩個人就這樣話語平淡、互相傻笑的匆匆錯身了。這不僅是三年後的久違，也是災後的「久違」。但就算是這樣的匆匆、僅是這樣的匆匆也沒關係！

也許經歷過的人會知道，沒有什麼比在災難過後（或災難之中），還能站在相同的地方、遇見相同的人更好的事了。

智子與久留米

在東京購票的時候，發現在博多轉九州新幹線的時間只有五分鐘，立刻決定要換二十分鐘之後的下一班。但這時東京朋友在旁邊說：「妳這班是九州新幹線全面開通後的新車さくら（櫻花）號，據說很美，不搭看看？」

於是我猶豫了一下。

二〇一一年有兩條新開通的新幹線遭到「悲情」的命運。一條是東北新幹線，東京直通青森、最快速的特急列車在三月五日歡慶通車，未滿一星期，大地震隨即在三月十一日襲來，東北新幹線近乎肝腸寸斷、全線毀損。一場歡慶如夢。

另一條則是商議許久，終於興建的九州新幹線。原本最南只到九州北端博多站的ＪＲ新幹線，在九州新幹線開通後，就從北到南連成一線了。ＪＲ九州鐵道公司早就開始策畫一連串的行銷活動，希望將遊客帶入九州。三月十二日預定通車，三月十一日東日本大地震發生，猝不及防，九州新幹線只能取消盛大的儀式、「默默」的開通。

此時聽見東京朋友說起櫻花號，彷若前世的消息。

一念之間決定搭櫻花號了，但五分鐘換車時間著實令人焦慮。雖然事先跟JR確認過轉車月臺，但第六月臺跟第十一月臺之間的真實意義到底是什麼還是無法得知。到換站點才知兩個月臺是有點距離的，奔跑來到「櫻花號」的月臺，距離發車只剩下兩分鐘，跳上車、還未找到自己的座位，車已經開動了。

我要去久留米。

跟二十年未見的智子在久留米JR車站見面，原本是一個已經取消的約定。

•

學生時期兼差當過一陣子日商太太們的中文家教。這些因丈夫工作外派而隨之來臺的年輕太太們，不論願不願意，都必須學習中文去建立在地生活。外派時間並不久長，所以太太們往往只要學得足以應付日常生活的用語即可，教學時光短暫，通常情誼也很短暫。

但智子不同，不僅是我接觸過的日本太太中最勇於學習、也是最開朗活潑的一位，見面總是一張笑臉。之後不管隨先生外派到新加坡、到洛杉磯、到上海，每年都會寄來賀年卡。

智子的賀年卡跟許多日本人的賀年卡一樣，都是以全家福相片製成的，然後印上簡單的賀詞，加上一些近況。但是智子每次都會在最後補上手寫的中文，邀請我去玩。

不知有幾年我連賀卡都忘記回了，雖然放在心上，但老是到了夏天才想到要回信。即使如此，智子的年度問候都沒有斷過。就這樣持續了二十多年。

這年我到東京，智子也終於隨先生結束外派生涯，全家回到日本住在九州。「這麼巧！請妳一定來九州，我們見面。來住我家，不要住飯店喔！」智子說。好像順利成章，我們開始討論起見面的時間。「三月女兒節是個好時機，九州的『ひな祭り』有特別的擺飾，維持整整一個月。」智子開心建議著。於是就約在三月十日左右吧。

卻在約好之後我逐漸猶豫了起來。天氣太冷、路途太遠、交通費好貴……每個外在理由其實都指向同一個心理擔慮。臺灣學生與日本太太的短暫情誼，經過如此久遠的時空，都走到了中年。雖然每年都在賀卡上往來，彼此好像持續的熟悉著，卻又不是真的熟悉……有時我會想，如果之前自己有到智子所在的那些外國城市，會真的去找她嗎？

想到就要這樣「侵入」智子的家，忽然尷尬起來，總覺得還未準備好似的，猶豫再猶豫，終於在接近三月的時候找個理由去信延期，智子難掩失望說：「那在離開東京之前要再約喔。」

就這樣，彷彿鬆一口氣似的在平靜的東京生活中迎來了三月，然後是措手不及的大地

黃昏市集在寬敞的室內，蔬果食品雜貨等都是九州當地產。
從東京來的我手撫過白蘿蔔、高麗菜、小松菜、青蔥……
不用一一去察看食物的產地，有說不出的、如釋重負的感動。

震。在生活秩序的混亂中，想到了原先和智子的約定。和大地震「撞期」的約定，自然是無法成行的。這樣的「巧合」正可以拿來為自己之前的失約開脫吧，但相反的，被無常解除的約定，卻在心裡生出了頑強的生命力。

面對措手不及就被震毀的日常，那些還放在心上的事，即使只有一點點的在乎，也不想隨意說放手就放手。

我要去見智子。

・

在冷清的車站等待的時候，外面下了大雨。據說是颱風影響，九州已多處水患坍方。從嶄新的站內窗口望出去，傾瀉大雨中的停車廣場上，零星停著幾輛車，其中有一輛是智子的嗎？

此時我忽然想到，JR久留米車站是吉田修一小說《惡人》的重要場景，小說藉著被害女生父親的眼光，這樣敘述著：「石橋理容院就位在JR久留米車站不遠處」，「從店門口的馬路能遠望久留米車站。閒散的站前廣場上，兩輛等待載客的計程車已經停放了一個鐘頭以上」。「佳男就心想：如果自己的店不是在JR車站前，而是在西鐵久留米站前的話，生意會不會好一點？」

ＪＲ車站總是冷清，因為票價比西鐵貴上許多，雖然速度快一些，但以小城居民來說，多半選擇便宜的西鐵。出生在這樣一個沒落的地區，嚮往繁華的被害女生，去福岡工作後說什麼都要離開家裡，連通車往返都不願意。

冷清的ＪＲ車站、「黯淡無光」的久留米、要擺脫家鄉飛出去結果被害的女孩……是《惡人》一切故事的開始。

吉田修一還「提醒」了大家，至今仍是閃耀明星的松田聖子，就是久留米出身的。她成功的飛到東京，閃閃發亮。好像「鼓舞」久留米的一個希望，但其實什麼都沒有改變。

讀《惡人》小說的時候完全不會想像久留米是個什麼樣的地方，看《惡人》電影時也不會關心最初場景的拍攝地點是在哪裡，因為完全無礙於作品的理解，好像也不是太重要。但當久留米不再是一個「無感」的符號，面對地景與空間有了具體的想像，似乎另有一種悸動，小說的重量便再次朝心中襲來。

不知不覺，久留米好像也在心中有了重量，這是來到此地之前完全沒有料到的。

命運中藏匿的「不知不覺」有多少呢？為什麼智子「剛好」住在久留米？為什麼被我中斷約會的三月竟發生了大地震呢？又為什麼忽然記起小說裡輕易被忽略的地名？命運不知不覺將我推向了智子、推到了久留米……

然後我看見智子笑著從長廊的那頭揮手跑來。

那張笑臉，跟記憶裡的一模一樣。

・

二十年再見的寒暄比想像中的容易，尷尬比想像中的少。

夫家和娘家都是大阪出身的智子一家，結束長年外派的生活，返國選擇長居的地方，是跟自己「毫無關係」的久留米。作為「外人」的眼光，智子說：「我喜歡久留米。」

車子開出停車場，雨稍稍停了。我關心九州水患，智子說因為地理位置的關係，久留米不太會受到暴雨水患之苦，颱風也不會直掃而過。「這裡很好。」她說。

回家前我們先去了黃昏市集。黃昏市集在寬敞的室內，蔬果食品雜貨等都是九州當地產。從東京來的我手撫過白蘿蔔、高麗菜、小松菜、青蔥……不用一一去察看食物的產地，有說不出的、如釋重負的感動。智子問我想帶什麼土產回東京，並推薦了九州的拉麵。我的眼光一直停留在蛋欄上。

像奶、蛋這種容易透過飼料或動物本身遭到輻射汙染所產出的食物，無疑令人有高度的戒心。為了共度國難，不少東京主婦雖沒有張揚，但心照不宣，不願意購買東北，乃至東京所產的奶、蛋。因為奶、蛋正是小朋友們最主要的食品。經濟能力好一點的，也許向關西以南的農、牧場去訂購。東京朋友曾經帶給我一盒九州農場的蛋，現在我在九州，要不要帶一盒回去？

走出黃昏市集的時候，雨已經停了，逐漸清朗的天空下出現紅霞，小城人口稀微，一望無際的視野可達遠處的山峰。從東京來的我覺得身心放鬆，但如果身為在地人，我是不是會嚮往「飛走」呢？

回程的確是「飛走」的，我選擇搭機回東京，因為費用差不多，時間則節省了一半。

三月十二日取消盛大儀式、默默開通的九州新幹線，會帶來繁榮的願景，還是虧損的未來？

由是枝裕和編導，JR九州鐵道公司贊助，以新幹線通車為背景拍攝的電影《奇蹟》，在地震後的六月上映。原本因為行銷九州新幹線而設想的溫暖故事，也意外撫慰了災後的人心吧。

看這部電影時，我想起久留米、想起《惡人》裡的痛苦、二十年後智子依舊未變的笑臉、黃昏市場外的紅霞，以及渴望一盒無輻汙雞蛋的心情……「偏僻黯淡」的小城，寬闊的視野、清朗的空氣，自己在我心裡寫下了故事，留下無可取代的意義。

靠近

我上了四樓，如往常一般來得早一點，所以站在走廊的窗檯邊等著下一節課的開始。因為地震關係延後開學的大學，在我回到東京時剛好開始了第一週，我以觀摩者的身分了參與了這個課堂，偶而提供一些臺灣文化、風俗等問題的解答。從剛開始的陌生，到後來學生們對於這位每週都會出現的臺灣老師雖說不上熟識，但也都習慣了。

「映像臺灣（從影像看臺灣）」是通識課，不知大家是懷抱什麼心情選擇這門課的，但其中有一位工科的男學生很明顯對課程、對臺灣充滿了興趣。三一一大地震的時候是日本的春假，這位男學生在假期到了臺灣一遊，正好遇見臺灣人為日本三一一震災展現捐款與慰問的熱情，讓他感受甚深。所以課堂的參與感也比其他人強烈。

每次看完影片的討論時刻他都會發問，課後的心得作業也寫了不少。雖然問題的本身顯示他對臺灣其實是陌生的，但因為喜歡，所以每一個「陌生」都成為他想要去瞭解的開始。

漸漸的，他發問的時候不僅望著H教授，有時也會看看我，並似懂非懂的聽著我的解答。

有幾次下課後，他上前問問題，還與我和H教授並肩走下樓，所說的都是他短暫到臺灣的經驗與認識，配合著這學期課堂才學習到的臺日相關歷史，明顯懷有高度興趣。不過我和這名學生倒沒有單獨接觸過。

學期就要結束了，現在他站在我身邊大約一公尺左右，一樣等著進入下節課的課堂，他看看我，我對他微笑點頭。忽然想到，作為老師的我是不是應該主動過去招呼這個學生，對於他的高度學習精神表示讚許，並且鼓勵他學習中文，有機會可以到臺灣讀書，或者，到我的課堂來？……

學生很靦腆，我也很猶豫，下節課教室開放了，這樣的心思也瞬間結束。

其實日本媒體在多年前就自立了公約（默契），對於臺灣「身分」的報導始終是很模糊的，加上日本諱言戰敗的歷史，官方在正式場合對臺灣冷處理，許多日本學生對於日臺殖民史毫無所悉十分「尋常」。兩年前我也曾到過這個課堂，當時便因學生幾乎對臺灣「一無所知」而感到吃驚。

沒想到因為一場世紀災難的臺灣熱情解囊，在日本民間引發意想不到的效應，也帶動了一些年輕人主動關注臺灣，並在社群網站上熱烈討論。

所以，這位學生也可說是因為災難的「機緣」而來認識臺灣的吧。

距離，因為災難而拉近了。

但災難，真的是會讓人因此而靠近嗎？還是，讓人看見疏離的真相？

‧

三一一大地震發生的下午，臺灣很快就得到了消息，因為太過震撼，臺灣媒體的報導又一向驚悚。電話雖然斷線但所幸網路是暢通的，知道我隻身在東京的各地朋友都紛紛捎來關心。有的非常迅速、有的則在一天兩天之後；有的持續關心著、有的如打卡應卯；有的不動聲色彷彿希望我先主動報平安……

我在電腦前看著這些朋友，感謝這些朋友的心意，但彼此也有種「重新調整」的認識。

天搖地動後第三天東京電力毫無緩衝期的宣布開始分區限電，社區很暗很安靜，我想像大家都在家中依偎取暖。我無法依偎，坐在床上開始盤算如何在停電的深夜度過仍會下雪的寒冬。電爐電毯電熱器之一切需要電的東西都無法使用，用瓦斯燒熱水還可以，不知會有熱水保溫袋嗎？清查電池後剩下兩顆，沒事就不開手電筒吧，並且記得先把電腦手機的電充滿。還有什麼呢？我需要地震笛嗎？

一個人在夜裡沉沉睡去。醒來後看電視都懷抱狀況變好的希望，但卻一次一次壞。

三一一震災最棘手的不在地震本身，而是隨時充滿威脅的核電廠災變。福島二號機小幅氣爆後，要我回臺北的呼喚湧進信箱，每一封都是擔心的語氣。

珍貴的情義，對照無論如何都改變不了的災難孤絕，愈發顯出人生在有常與無常之間難料的殘酷。

但真正的殘酷還在於，災難讓人知道人心如此靠近，也無可避免考驗了感情。

出發到東京之時，彷彿始終站在我身邊，說要到東京來看我的人，此時若說一聲「因為東京現在的狀況不太好所以取消了」，自然是合情合理的；如果說「倘若妳不回來，我還是到東京去看看妳吧」，便意外顯出情感的重量；然原本積極異常，至此卻彷彿擔心自己必須在「亂世」履約，就提也不提假裝從來沒有約定過的……內心除了啞然失笑，大約也能從中領悟「所謂感情」的真實模樣。

真正靠近的彼此，是願意為對方涉險，但對方絕不會願意你為他涉險。這是災變下最動人的互愛。人們總是喜歡看這樣的新聞，歌頌這樣動人的故事，成為太殘酷的災變下人性的救贖，用以撫慰倖存的人，以及因這一切心神震撼的旁觀者。

但如果這靠近的兩人，並不是人們認知中「應該」的那兩人呢？

•

人們喜歡不離不棄的故事。也的確有許多不離不棄的故事在震災中上演。但同樣真實的是，災難發生時忽然發現另一半居然自顧自的逃生、或者只顧保護他最重要的東西，甚至那個本能反應想「不離不棄」、「執子之手，與子偕老」的對象竟然不是自己。我們歌頌了這樣的在災難中仍努力靠近的心意，也許背後就是另一方領悟了自己「被放棄」的殘酷事實。

幾個月過去，倖存者的後遺症也逐漸出現。以家庭關係來說，新聞報導災後訴請離婚事件增多，至今在日本搜尋網站上打入「三一一離婚」關鍵詞，還是能看見一連串的討論資訊。被核災間接波及的東京，生活與人生信念的選擇都成為全新的課題。因為生活議題不是紙上議題，關於食物、關於居住，都是無法迴避的日日實踐。有些連人生觀也起了變化，才發現彼此所想走上的人生道路是多麼的不同。

災難讓人體悟人生苦短，有些人更加珍惜緊密靠近的時光，有些人則驚覺須積極追尋自由，自己毀棄了原本守住的家庭秩序，義無反顧的離開。

日本導演是枝裕和在二〇一一年連載的專欄結集《宛如走路的速度》中說道：「三月十一日前後，展現在我眼前——也包括過去——的世界的意義，便起了很大的轉變。」

對我來說，這所謂的「世界」，還包括了人生與人情的體悟：災難中的確需要溫暖撫慰，但孤絕仍與之並列，是無法相互抵消的。對於沒有共處當下的人，我們有時只能把獨有的孤絕記憶藏起來。重新去定義「永恆」的價值。

短暫返臺重新回到東京，在民生日常稍稍穩定、並摸索出新的規律後來到了夏天。災後仍不放棄約定的朋友說：「只要妳回去（東京）我（們）就會去」。作為盡責勸阻的朋友，我提供了許多在觀光宣傳辭令之外，該不該到東京旅行的資訊，以及必須注意的事項。作為情義的回報。

後來在東京見面，即使只是在摩斯漢堡內喝一杯冰紅茶，或者僅是在吉祥寺井之頭公園散步聊天，都覺得「是的，我們如此靠近」。縱使見不了面，我也在心裡一一記下了那些災變以來始終不懈怠的關心；而那些過不了災變考驗的關係，就算見了面，心裡知道是再也無法「靠近」了。

・

最後一節課結束，和H教授步出教室，那位工科學生一直伴隨著我們、聽著我們有關臺灣與日本文化的討論。隔著H教授，我看見他求知的表情。這學期我們看了幾部臺灣電影，包括侯孝賢王小棣李安魏德聖。「所以，你因此而更加認識臺灣了嗎？」我想這樣問。「因為三一一捐款而讓你覺得『靠近』的臺灣，是真正的靠近了嗎？」我也想知道。

但這對一個才修了一學期通識課的大二工科男學生來說，應該是太為難了。

正常生活

好像沒多久就習慣了。睡覺前檢查了一下床頭的小包，裡面有裝好新電池的手電筒、一瓶礦泉水、一包乾糧、一件薄外套。再把我的隨身重要證件、財物放在身邊。每晚重覆這個動作才就寢。剛開始我為自己準備地震包的時候，有一種身處「災難期」感受，心想什麼時候才能「正常」生活呢？

其實專業的地震包當然不會這麼「陽春」，裝備雖然以輕薄為佳，但品項則多達二、三十種。我準備的大約只有五分之一吧，也沒有地震笛，應該屬於「自我安慰」的等級。地震笛（或哨子）是讓搜救人員可以快速在廢墟瓦礫中找到自己的備品。其實我不只一次想，如果遇到那樣的狀況，自己的求生意志會有多強？可以撐多久？到那痛苦景況會不會希望自己不如在地震的一瞬間就跟著毀滅呢？想到地震笛，以及這些備品的被使用，往往連結著令人難以承擔的想像。

我腦中留存的，是這日冬陽下暖暖的安居畫面。
不是什麼事都沒有發生，不是無知的安居。
背負著不安，經營出「正常生活」，
是眼前的一種選擇，因為人生總要繼續。

平素就有防災訓練的日本，多數人家都有自備的地震包，但超越世界紀錄的三一一地震，強烈引發了內心的驚懼。大大小小的地震包在賣場賣得特別好，甚至成立了專櫃。經過了幾個月，東京朋友說出門還是會特別注意換上好穿的鞋子，以便地震時可以從電車緊急離開，或者走路回家。

據說地震引發的海嘯會抵達基隆的那天下午，住基隆的朋友一邊關心在東京的我，一邊非常驚恐的說大家都很害怕，學校提早放學，街上都是學生，有些人跑出門外，整個惶惶然。我在電腦這頭問：大家驚恐的跑到街上然後要做什麼？對方說：就是不知道要做什麼啊。我可以想像剛開始臺灣媒體的戲劇性報導，那種高亢不已的熟悉聲音、「手舞足蹈」的肢體動作，好像已經穿過電腦而來。

地震後臺灣媒體大幅報導著日本的地震預警系統，以及珍貴的「逃命時間」，我雖沒有開辦日本手機，從電腦也可以與預警系統聯繫。但事實上地震預警的「盲點」大家都知道，愈靠近震央就愈來不及警示。人力想跟地震的發生「周旋」，還是非常渺小。

什麼時候才能「正常」呢？當地震包成為基本配備，生活感取代災難感，我也同時領悟，原來這已經是「正常」了。在地震帶上方生活，沒有資格藐視地震的存在。

開始意識到這是「正常生活」後，回想在災後曾經感到困惑的一些對話，似乎能有新的理解。

・

預備暫時離開東京時候，航空公司有點混亂，但日航的朋友告訴我不必擔心，因為日航內部有規定，若遇緊急狀態要讓外國人先離開日本，本國人在後，所以一定有機位。我想這就是分野，「你們外人」與「我們自己人」的分野。

平素無所不談的日本朋友，在災後生活問題的討論上，會忽然的沉默。沒有附和也沒有反駁的沉默往往讓我瞬間困惑：是我不該批判，或是不宜討論呢？後來逐漸理解，以「我是日本人，我要（只能）留在日本」的意識出發，和「外人」所考慮的居住憂心，二者的立場與結論是不一樣的。譬如觀察日本政府的處理、批判東電的隱瞞，可以成為各國各界引以為例，共同關注的議題。但「我是日本人，所以只能跟國家一起向前走、也要一起承擔」的意念恐怕只有本國人才會有。那麼，我跟朋友批判輻射汙染時，也許對方想的是：「我都知道。但你可以隨時離開，我不能（也不會）。」彼此思考的方向不同，所能對應的就是沉默吧。

災變時外國人想的是「要不要離開」、「什麼時候離開」，在地人想的是「該如何正常生活」、「如何重整人生的信念」。

於是我想起地震後第三天的假日。

短暫而久違的氣溫回升，到超市發現生鮮貨架因為無法到貨已經全空，空手而返的我反而可以閒散步行。陽光非常好，連光禿禿的櫻花樹在太陽下彷彿也閃著粉紅的光。人們推著娃娃車，或牽著狗出來散步。風有點冷冷的但是很舒服。經過星巴克，店員說因為要節電的關係所以今天只營業到晚上六點。當時東京其實尚未宣布限電計畫。

即使超市的貨架全空，我也沒有慌張。為什麼呢？想起來應該就是暖暖冬陽下，社區的平靜如常。東京的震度是五，震度五代表什麼意義相信臺灣人都瞭解，但相較於震度九・○與被海嘯襲捲的東北地區，在災後還能夠安穩在這裡沐浴溫暖的冬陽，即使被核災威脅，心中不安，眼前的平安就值得珍惜了。所以即使有哀懼、有恐慌，但沒有失控。當然，災難對於人性的考驗可以持續多久我不知道，像宮崎駿動畫〈螢火蟲之墓〉裡的殘酷也不是不會發生，但顯然這個殘酷極限在此時並未到來。

我在手工布包店前停了下來。店狗米格魯正在趴在門口曬太陽，慵懶的瞇起了眼睛。「歡迎光臨。」一女主人輕聲的說。並簡單介紹了店內插畫家手繪春款，以及環保袋，就不再打擾我。這時窗外路過了一家人，娃娃車裡的小孩看見米格魯高興的要下來玩，女主人出去招呼，米格魯舒服的翻了身，小孩稚嫩的聲音一直說著好可愛好可愛。夫婦也同時蹲下來摸摸牠說真是好孩子啊。

陽光斜照在他們身上，一個安居的午後。好像什麼事都不曾發生。

晚間八點宣布隔天東京開始限電，保守估計到四月底。福島核電彷彿失控，東京進入災後最嚴峻的時刻。

打開電腦連接臺灣的資訊，評論員不缺的媒體，已經抓住各種蛛絲馬跡，分析日本政府、評論日本國民、驚爆核電內幕……頭頭是道，每天都有議題也每天都有「結論」。

我腦中留存的，是這日冬陽下暖暖的安居畫面。

不是什麼事都沒有發生，不是無知的安居。

背負著不安，經營出「正常生活」，是眼前的一種選擇，因為人生總要繼續。

「應援」的熱血

地震後吃最多的青菜是青椒甜椒、苦瓜和菠菜，原因當然是因為不敢吃關東、東北的蔬果。但因「產地自銷」政策的關係，在東京販賣的蔬果當然多半是關東（東北）產，除少數有產地特質的物產之外，譬如沖繩的苦瓜、北海道的馬鈴薯等。甜椒多半韓國荷蘭進口，至於菠菜，附近超市因為跟外地農場有簽約合作的關係，所以可以買到。

當然不只蔬菜，米我也不敢買東北的，雖然內閣大臣願意在鏡頭前大口飲食東北物產作為宣示，但誰都知道那是不得已。至於海鮮當然不吃日本產，牛肉只吃澳洲產，水果也是九州以南。至於蛋就不吃了。

像我這樣飲食小心翼翼的東京人其實大有人在，卻不是很願意像我這個外國人一樣大聲說出來。一方面是，所謂像我一樣並不是也只吃青椒、苦瓜，而是花大筆錢在網路上從關西以南的農場訂貨，絕非一般經濟能力可以負擔；另一方面是這種「背叛」東北的行為已經不該，怎可大聲嚷嚷？

東京朋友的某對同學夫妻都是東大畢業的菁英，三一一地震後身為銀行高級主管的丈夫請了一個月的有薪休假，非常熱血的跑去福島當義工，這不打緊，一個月後回來帶了滿滿一箱蔬果和牛肉，並說下次還要去，而且覺得要把就讀國小的女兒也一起帶去才行。對於先生的熱血，看著冰箱滿滿的「輻汙」蔬果牛肉，以及一大袋輻射汙衣，太太心裡已經氣到不行，但檯面上卻不好提出異議，基於「應援」、「協力」的國家呼籲，如何跟先生說不？

既然身為「菁英」不會不知道福島核災的嚴重，但就是因為身為菁英，所以不應陷入「匹夫匹婦」的恐慌才行，災區需要協助，農民需要生活，按照政府核能專家說明，只要不要超過身體負荷標準，自己國人都不協力應援災區，誰來幫助？這種熱血的「國族菁英」還不少。

他們不是愚民，相反的，也許對於「真相」非常清楚，但接受（或必須相信）吃一年標準內輻射汙染的食物，相當於照一次放射線檢查之類的說法。災區的民眾正在受苦，幾乎看不到未來，災區外的人們不過是去輻射曝曬個一、兩天，或吃一箱蔬果，這些承受量身體會逐漸代謝掉，每人都去做一次就能「應援」災區，那又何妨？國家困境必須一起承擔，這樣說來似乎頗具「正當性」。

日本本來就是一個物產、資源貧瘠的國家，從來不能有什麼「地大物博」的自負，壯大的過程必須靠「頭腦」，也靠人們的「承擔」。自古以來在惡劣的地理環境上生活下去靠的是承擔，就算二次大戰罪魁禍首之一就是軍國主義的日本，戰敗與原子彈的惡果，以及面對戰後惡劣生活也還是靠人民的承擔。因為團結承擔才能走下去，主張「團體性」遠遠超出個人性，已經內化為性格的一部分。

我和某位日本朋友在地震之後忽然「無言」了。雖然彼此是幾年前偶然在東京認識的，但從來相談暢快，未有如此次一般，處在「無言」的狀態。所謂無言，不是關係有了變化，而是體驗到一種彼此「非國人」的心情，便沉默了。

地震毀壞了許多人的人生，但是在地震中看起來毫無毀損的人生，真的毫無毀損嗎？除了震災剛剛發生後的兩天，對方來信建議我離開東京之外，關於我是否還要回到東京，東京是否已經適合回來的種種，都沒有給我具體的建議。也許對方知道，在資訊發達的今日，我不難從各個方式得知輻島核災的狀況、東京的處境、內閣的宣示、東電的姿態，我所擁有可以判斷的資訊，和在東京的朋友幾乎沒有兩樣。不同的是，對方在東京生活——在自己的、也許此生不會離開的故鄉生活著。這是和我唯一的不同，也是最大的不同。

這個不同，使得我們使用相同的資訊去判斷城市是否能「正常生活」、或者如何去正常生活的結論，存在著差異。對於對方的判斷，也都只能理解而無法評論。譬如輻島核電已經是最惡狀態，使得我不僅對東北的食物有疑慮，甚至對整個關東的物產都有疑慮。

我訴說這些事時，對方未想反駁，但也未能附和。東北是東京的糧倉，在震災後更是相互依存的關係，如果東京不接受東北的物產，東北不要說復興，根本是直接走向毀滅。所以，「其實除了福島之外，其他地方如茨城、群馬、櫪木都是沒問題的。」對方說。聲音很低很平和，並沒有想要說服我的意思。然後雙方有短暫的沉默。

後來我看見作家新井一二三發表的文章上面寫著：「大家都明白：政府不會告訴我們事實，其實他們自己也不一定知道全部事實，但是連自己知道的一點點事實，他們也不願意公開，為的是保身，為的是逃避責任。那麼日本人生氣嗎？做為日本人，大家都很理解那些懦弱的官員之心理運作。大家覺得，如果自己在他們的位置，也許會做一樣的事情。」彷彿也從另一面詮釋了某些「熱血先生」的內在想法。

藏在「應援」、「協力」的內在是拒絕背叛，這個社會對於背叛的「非法律性」懲罰很深刻，所以什麼能說什麼不能說，心裡自有界線。地震之後核災狀況不明，對於選擇立即「逃離」，或者據守家園的人，在一向具凝聚力的社區意識下，該如何去評斷也難有答案。

當下未離開，就算不久即證實核災狀況嚴重，想離開也無法離開了；而那些有能力離開的人到了外地也不輕鬆，離鄉的茫然可能還伴隨著外地歧視：「你們這些人請離開，不要來汙染我們乾淨的家園。」即使輻汙並不是傳染病。

相較於日本社會的「團體性」，臺灣則是一個伸張「個人性」的地方，說逃走就逃走，人們只會感嘆那些人有辦法，並且尊重個人的選擇，絕對不會指責，在生活「心理」上有相對的自由舒服。但臺灣社會對於某些「逃走」之後，又再度回來販賣「高級知識」，頤指氣使作為指導者的姿態還能照單全收，也是日本朋友無法理解的。

不過，相對於先生「應援」的熱血或「無感」的天真，掌管一家飲食生活的太太們，在面對核災這件事是遠比男人務實的，畢竟主婦所承擔的責任是一家大小的實際生命，不是人生的浪漫。特別是身為擁有知識、經濟能力的母親，對於政府食物安全的宣告根本不相信，跟先生的立場經常出現衝突。社區發起的「反原發」活動也多見女性帶著小孩站出來。只是太太從哪裡訂購了食物、排斥了什麼、端什麼上桌，衣服只願烘乾、不再晾在屋外等等，平常不提也相安無事，有「各司其職」的平和。但像先生力主去福島度假泡溫泉，「應援」災區經濟的家族活動就很難躲過。

如此情況身為母親當然優先選擇「保護」小孩，以課業狀況與尊重孩子個人安排假日活動的自主性為由，給予是否同行的自由空間。

至於太太本人呢？

「就去泡輻射水囉。」只能無奈又自嘲：「面對外國人我才敢盡情吐苦水啊。」

請協力，以及不要忍耐

如全世界的氣候異常一樣，二〇一一年日本的夏天高溫也來得比往年早，氣象廳預測七月到九月的平均氣溫會高出往年百分之三十到四十，西日本甚至會高出百分之五十。而臺灣往往早日本一個多月就進入酷夏了。

不耐熱的我，每到酷夏就有一種想要「夏眠」的渴望，最好是一覺醒來夏天就過去了，但這年東京夏季的考驗除了炎熱，當然是節電大作戰。

接近學期末的時候，東京已經出現三十五℃的高溫，校園貼出節電需知，並請教師協力執行。教學大樓原本兩座運行的電梯，停駛了一座。停駛的電梯門是打開的，遠遠看像是深不可測的黑洞，不知是故意還是意外的，有種警示的意味。但學生倒都很配合，排隊在等電梯的人不多，紛紛走了樓梯。在大批學生初進教室、擦著汗低聲說「好熱好熱」時，老師便去調低原本維持在二十八℃的室溫，一會兒「安定」了，又去調回。調來調去說來麻煩，但

「沒辦法，就說『請協力』了嘛。」我的學界同行說。

雖說「沒辦法」，卻也是自發性舉動，因為並沒有（也不會有）罰則。另一位同行說要去物色一把好看的扇子，「因為學生不熱之後，我們講課會熱呀。」我曾想過，如果是我，會自備扇子還是會「不顧一切」去調低室溫呢？

東京電力每天用電量都會即時公告在網頁、電車上，在不斷刷新紀錄的高溫下，最高用電量卻可以永遠維持在百分之八十五上下。為什麼是百分之八十五呢？因為東電估算在「非到必要絕不實施計畫停電」的目標下，至少節電百分之十五是必要的底線。在高溫下實施民生「輪流停電三小時」計畫，將衍生難以估算的問題。表面上只是輪流停電，但不僅生鮮食物無法保存，需要電力的瓦斯自來水供應都會中斷，加上在高溫下連電風扇都沒得吹，老弱中暑生病的人一定暴增，生活秩序將遭破壞，絕非能輕率為之。

三一一地震後，核災與電力供應成為矚目的議題。六月三十日，日本政府對關東、東北地區發布了自一九七四年第一次石油危機以來，相距三十七年的「電力使用限制令」。除了災區避難所、醫院、鐵道、自來水設施以及飯店等特殊項目，可以節電百分之十以下之外，其他皆須達成節電百分之十五的目標。針對工廠企業祭出罰則，若不遵守只能在上午九點到下午八點之間的營業時間，每小時可罰最高一百萬日幣。也就是說，如果有企業以不堪損失為由不遵守用電規定，每小時的罰款額絕對更吃不消。

雖然家庭民生用電也必須達成百分之十五節電原則，但是並沒有罰則，也許供給電力讓社會民生安定本來就是政府的優先責任。企業為了降低損失必會積極尋求調整方案，這也是長期取之於社會而獲利的企業該有的承擔吧。

這樣一來如果還是必須計畫停電，人們大概也會體諒而去思索電力來源的問題。所以，「請協力！請協力！」之於臺灣社會或許是「口號」般的存在，但在這裡，是個「有效的指令」。

節電指令開始的七月盛夏，東京的生活起了轉變。

不說企業為了節電而取消加班，上班族忽然準時回家而改變了晚上（餐）的家庭結構。讓我注意的是，上班時間留在家中的主婦與年長者，如何自主性的進行民生節電。記者採訪了幾個家庭，主婦們多半都有著「錯開用電尖峰期」以及「空間集中使用」的思考。譬如錯開尋常用餐時間、洗澡時間、入睡用冷氣的時間，並且家人盡量集中在同一空間使用冷氣，以避免瞬間用電量超過了百分之八十五的上限。

公民館的交誼廳提供了冷氣、電扇、冷飲、報紙、電視、沙發區，讓必須長時間待在室內的年長者使用。很多長輩於是移動到社區內的公民館去休息、交流，這樣各家既能省電，又能享用冷氣，他們說自己也想為節電貢獻一些力量，心裡才舒坦。

受到這種「克己氛圍」的影響，我不知不覺也警惕了起來。空調設在二十八℃，有時就使用電扇，這樣夜間入睡也沒問題。但對於這社會這種「無論如何都要忍耐下去」的心志，個人似乎也一定要「付出點什麼」才有的「貢獻感」（或「去罪感」），不知說是佩服還是壓力，感覺有點複雜。

事實上，當季夏日中暑（熱中症）的人數已經衝到過去同期的三倍以上，每天都有人送醫院，成為熱點新聞。但另一個新聞熱點仍然是核電廠，人們擔心核災勝過酷暑，不願選擇核電，所以對於「請協力節電」的要求，幾乎每家每人都在自行實施，即使是在中暑送醫人數攀高的狀況，也要忍耐。

終於有議員、學者看不下去，跳出來說「我慢しないで」（不要再忍耐了），因為政府一直強調節電，民眾也很配合忍耐不用電，卻忍耐過度，在該用冷氣時也不用。並有專家不滿的指出，東電的「節電說」只是在規避責任，民生用電其實是足夠的，而且很多大企業其實自己都有發電設備，根本不該加重民眾的罪惡感，甚至危害了自己的健康。

因為想要節電不開冷氣，又因為防盜需求而不開窗，在不流通的密室高溫裡熟睡以致出現脫水狀況，是此夏大量出現的「節電室內中暑」症。在「夜中暑」送醫的人數急增下，消防署也不得不出來呼籲生命要緊、節電需適可而止。醫生強調有些人，特別是高齡者或慢性病患，體溫調節能力較差，也許自己尚未認知到「很熱」，實際上身體已無法負荷了，若室溫高到三十四℃還不使用冷氣，便足以致命。所以請不要忍耐。

「我慢しないで」（請不要忍耐了）。

在「請協力」之後，看到眾單位的這個呼籲我有點愣住，大家過度「協力」了，是否是在這個社會才會發生？身為外國人的我，在東京當然也響應節電，但是一點都不想付出「太超過」的忍耐。這就是之前看見東京民眾努力自我節電的報導時，心裡產生的複雜感受。因為覺得在那樣的努力與熱血的面容下，彷彿有一條看不見的身心警戒線，將在某個臨界點一觸即發。果然如此。

也許因為歷史的前例，以及日本民眾在災後高度自制的表現，外人似乎都對日本的災後重振有信心。但眾所皆知近幾年日本經濟「委靡不振」，災後更是雪上加霜，這時是要鞏固企業利益以維繫國家經濟，還是轉換思維，對國家的發展重新定位呢？

目前長居北海道富良野、作品具深刻人文精神的作家倉本聰，在電視訪問中提到：在日本的歷史中，不乏碰到一次一次的瓶頸、需要面臨巨大轉變的時刻。這一次（三一一震災與核災）也是日本可以重新思索國家定位的機會。也許應該拋棄追求「強」、「大」的思維，而朝向「就算是個小國也好，也要成為得到世界尊敬的國家」的目標邁進。

短短幾句話，有種撞擊內心的感觸。

這個社會有很多「理所當然」的制約，對於擁有「臺灣思維」的我們來說，未必都能接受，也未必都覺得是優點。但日本人儘管也在壓抑下抱怨，每每調查起來，樂意下輩子再當日本人的比例卻始終很高，這也許就是我們一直不解為什麼日本人那麼能夠「承擔」的原因吧。因為那是自己認同的選擇。

不要麻煩

經常搭日航，並且習慣自己跟航空公司訂位的人，都會發現日航在二〇一〇年十二月之後，撤除了在臺灣的訂位組，同時也進行大規模的裁員。這也是為什麼在當年十一月臺日慶祝松山／羽田首航儀式中出現了臺灣日航員工抗議的場面。

臺灣日航訂位組消失後，人工訂位系統全面轉接上海，由上海日航人員接手，臺灣日航人員緊縮，辦公室也搬離原有的大樓。所有的措施都是因為要挽救當時日航的虧損。背負日本「國家航空」包袱的日航，不論是為了自身前途，或是因為被媒體嚴重修理，在財務經營上都不得不小心。

但日航的臺日航線一直是賺錢的航線，就算是之後廉價航空分食市場，日航仍擁有眾多自由行與商務往來的客人，即使價格在市場是不低的，也經常一位難求。虧損連連的日航，對於臺日航線的賺錢，以及臺灣旅客的捧場，是懷抱什麼樣的想法呢？

訂位組「移往」上海，其實也可說是把業務加在上海日航的身上，是上海訂位組的「外增」業務，當臺灣客人電話被轉到上海客服的手裡，聽見完全「不親切的中國腔」，加上冰冷的服務態度，沒有不火冒三丈的。如果還是要搭日航，便紛紛轉請旅行社代訂（不想再跟上海訂位組打交道），處理旅行社票務的日航業務組因而業務增加，但也因為裁員的關係人手有限，非常的忙碌。

不免讓臺灣客人想問：為什麼這樣對待一直很捧場、讓臺日航線賺錢的客人以及員工？只是，儘管臺灣日航員工抗議，消費者的抱怨也不少，「但航班照樣客滿，依然賺錢。所以總公司聽不進去。」內部員工說。

心生不滿的客人很多，但是最後還是「寬容」的自我緩頰：「唉，日航也要生存嘛。不然倒閉也很慘。」「沒辦法，臺灣人工貴，中國便宜嘛。」「反正搭飛機嘛，能訂到就好了。」感覺日航欠臺灣客人一個解釋與抱歉，但看樣子好像也不用……

跟東京朋友說起此事，有些很嚴厲的表示日航又貴又不長進，而且「在講求服務的今日，日航並沒有超越別人。」說到總公司對臺灣市場的態度，也很不以為然，「臺灣人就是太好了。」這太好，是指「太善良」？「太好安撫」？還是「對日本太好」？……我沒有問。但這位顯然不是「國家（日本）航空愛用者」。

有些朋友雖然也感到不妥，但一方面則覺得可能因為「民情不同」，日航不覺得這樣做有太大的嚴重性。

「因為日本訂位習慣都是靠網路，不會需要『真人』的，如果需要面對面訂位，通常就是交給旅行社。所以日本主管一定不認為公司裡『真人訂位組』有什麼重要。」「沒有需要跟航空公司確認狀況的時候嗎？」「很少。日本人覺得不要麻煩別人，非必要也不太想跟『真人』講到話。」

但是在臺灣，一通電話找承辦人把事情確認好，是再自然也不過了。就算是語音電話愈來愈普及，大家都知道最後按9就會有「真人」服務員出現。日本人「怕麻煩」，可以不用跟真人說話，但臺灣人「不怕麻煩」，就是喜歡走聽到「人聲」的親切路線啊。因為有「真人」才能迅速得到回應。

這使我想起有一天在東京住處的信箱中收到郵局的掛號通知單，上面密密麻麻寫著預約再送件與取件的方式。臺灣掛號郵件投單就是要自己去郵局領郵件了，不會再送。但日本是可以選擇再送的，我問東京朋友跟研究生是不是打電話預約？他們笑說上網預約或電話預約都可以，反正都不是跟「人」預約，因為電話預約也是依照語音指示按鍵的。聽到這樣我居然鬆了一口氣，身為外國人，好像跟「真人」打交道還真是件尷尬麻煩的事。

所以，我也不知不覺被這社會同化了嗎？

其實雖然一切可以「上網約定」，但日本郵局仍然有很「不怕麻煩」的「真人」到府服務。

在臺灣寄送過大型郵件的人，大概都經歷過如何把物件送到郵局的困擾。這種困擾對於沒車的人來說更是加倍，因為既然是大型物件，意味著搬運不易，更不用說是準備到海外生活的人，要寄送的數量往往不只一件，而且肯定不輕。所以只好找幫手，要不就分好幾趟，並藉助計程車始得送達郵局。即使是有車階級，物件從家裡搬到車上也需一番力氣，難以獨力為之。

所以知道只要上網約定時間，日本郵局就會派人到府收取大型郵包，真是大為驚喜。預約時間一到，果然郵車抵達，郵務士「裝備齊全」的拿出了量尺、秤重器、投遞郵單等開始工作。算好郵資、確定寄送資料，收費後當場貼上郵務貼，給了收據，就將郵包帶走了。不用氣喘吁吁的自己「對付」大型郵包，感動真是油然而生。

三一一強震後爆發核電危機，外國人紛紛離開東京。因為事發突然，無論是訂機票或確認機位，都必須緊急聯絡航空公司才行。

決定要暫離東京的那個上午，我先依照「日本模式」在日航網站上查看訂位狀況，發現當日機位是不開放的，所以也不能訂位。接著打電話去東京日航則一直忙線中，許久還是無法聯繫。求助於東京朋友幫忙打，也是一樣。在彷彿無解的等待中，時間一直流逝，想一通電話打回臺灣日航，但想到訂位組已經裁撤，打去也只會遇上一問三不知的上海客服，頓時充滿「孤兒感」。

這時候應該直接跑去東京日航，還是直接到機場呢？在這個混亂的時刻，日本朋友說：「沒有人知道怎麼做才是最好的方式，所以能解決問題的就是最好的方式。」無疑是種「非常時期，自尋出路」的宣告。所以我立即領悟，對我來說，即使相距千里，最好的方式仍然是找臺灣日航，不過當然不是訂位組。

順利返國後去跟朋友致謝，對方說舉手之勞而已，理應盡力幫忙。我們交換著災後狀況與聯繫的心得，覺得人情能在患難中顯現真是美好。

為什麼不要麻煩呢？有時候麻煩別人，也讓自己麻煩，是人與人相互靠近的機緣。

相互靠近，才有人的溫度。

新生之光

震災滿兩個月的那晚，東京鐵塔重新點燈了，在節電百分之五十的設定下，燃起淡藍色小燈，稱為「哀悼之光」。雨天裡許多人撐傘駐足，怔怔看著這個東京地標，萬般心情盡在不言中。

一九五八年東京鐵塔在尚無摩天大樓的平地「昇起」時，正是東京要擺脫戰後貧窮，努力走向重建之路，開創經濟建設，接著迎接一九六四東京奧運的來臨，大家在貧困中充滿對未來的希望。看過電影《ALWAYS～幸福的三町目》的人，應該會記得片中最後大家回望已經落成的東京鐵塔時，心中的感動與期待。

之後東京鐵塔成為東京的地標，每天在固定的時間點燈，在固定的時間熄燈，似乎是城市的精神象徵，也有了專屬的都市傳說。譬如情人一起觀看鐵塔，在燈滅的那一瞬間擁吻，就可以得到永浴愛河的保證。無疑都說明了東京鐵塔不僅只是一座作為電波發射功能的鐵塔而已，還擁有和東京人情感連結的故事。

三一一地震的當日，東京鐵塔斷電了。從那天開始，每個夜晚東京都像欠缺燈塔指引的城市，鐵塔熄滅了，即使東京人還能照常生活，仍舊意味這是個「非常時期」。但修復之後，東京鐵塔要不要在必須共體時艱的目標下耗電點燈呢？並且，在東北震災核災帶來毀滅的時候，東京鐵塔還能「若無其事」的照樣燈火通明嗎？可是，鐵塔若不復原，是否也是東京人心中的一塊缺口？

點不點燈、如何點燈的思考，在二〇〇五年八月遭受卡崔納颶風毀滅性災害的美國南部紐奧良市也發生過。幾乎全城俱毀的紐奧良，重建之路非常艱辛，眼看著就要來到年底的聖誕節，家園尚未復原，居民依舊心慌，本來就不富裕的紐奧良要不要付出巨額的負擔如常在城內點上聖誕燈飾呢？

最後市長決定點上了。

因為在聖誕節這個重大的節日，如果缺少耶誕燈飾，漆黑一片的夜裡更是分外淒涼，令人絕望。點上了燈，那種「至少聖誕節還在啊」的光亮撫慰與人心振奮，絕非金錢計算可以替代的。

同樣的情形也出現在震災後的東京夏季花火會，因為巨大災變，花火大會大部分都取消了，但最具象徵意義的隅田川花火大會則延期但照常舉行。深具歷史性的隅田川花火幾乎是東京盛夏的指標，它如常存在，至少意味這世界沒有太失控。

東京鐵塔以減少百分之五十的電力點上了淡藍色小燈，同時兼顧了復甦與哀悼之意。

不過，其實作為電波放送功能的東京鐵塔已確定在二〇一一年除役，名為「東京SKYTREE（天空樹）」的新東京塔（中文命名「晴空塔」）隨後在二〇一二年開幕。新塔的興建主要還是為了搭載訊號發射的功能，因為「類比電視」的播送在二〇一一年七月終止，全面迎接「數位電視」，必須有更完善的電波發送品質。雖說如此，但備受矚目的焦點並不在於新塔的功能性，而在於這個新地標附帶而來的各項休閒、觀光、娛樂設施，以及是否帶動周邊舊市町發展的經濟效益。

只是，災後時刻，大家心所眷戀的，仍然是矗立在港區，陪同東京走過沉寂與繁華的東京鐵塔。

•

大地震（與核災）發生以來，有許多原來被矚目的建設或活動都一時沉寂了。衝擊甚大的包括東北新幹線才全線通車隨即被毀，以及被視為九州盛事的新幹線只能默默開通。即將完工的東京SKYTREE（晴空塔）也是其中之一。

但在「自肅」氣氛中，走過春天度過夏天，人們就算表面上不講，內心也一定渴望看見什麼「新生」的消息吧。

晴空塔在二〇一一年六月公布了二〇一二年夏天開幕的日期，並且預定直達塔頂的預約票價為日幣三五〇〇（開幕後正式訂為日幣二五七〇）。災變三個月的當時，因為核災問題重重，未能真正到達「災後」重建的階段，災區和非災區的人們內心都很沉重不安。看到票價，民眾絕大多數的反應都是「太貴」，有的甚至顯出「干我啥事，反正我也沒有閒錢去花在那裡！」的排拒態度。

但從二〇一二年的三一一週年紀念之後，晴空塔開始逐步開放空間，讓媒體拍攝、宣傳。讓世人看見高層的天空環形步道、低層的水族館，使晴空塔作為一個老少咸宜、生活與炫奇並列的休閒娛樂場所。

一九五八年東京鐵塔完工，正是東京要擺脫戰後貧窮，努力走向重建之路的時候。誰也沒料到，當二〇一二「東京SKYTREE（晴空塔）」落成的時候，居然也是日本必須面臨重建的時候。從平地升起的晴空塔，會像東京鐵塔一樣，為人們帶來向上的感動與希望嗎？還是只見到富貴與貧窮的強大分野？以及難以解決的未來習題。

二〇一二年五月五日，日本迎接無核社會的到來，當天許多民間的慶祝活動，在百感交集又欣慰的情緒下展開。五月二十二日晴空塔開幕登塔的預售票也銷售一空（當然也許是來自大量的外國觀光客也說不定），但之後晴空塔的確成為東京新地標，也成功帶動了舊市區的改造。

而原來的東京鐵塔呢？雖然已經不夠高、不夠炫奇，也不夠熱鬧。但仿自巴黎艾菲爾鐵塔的造型依然美麗，也已經從節電哀悼的小藍光恢復了夜間的燈飾。

東京SKYTREE（晴空塔）是災後的「新生」。

恢復輝煌姿態的東京鐵塔也是。

在毀壞之後，看見城市的「新生」，好像就有前進的動力。

靜止的空間

堪稱日本「國樹」的櫻花，因為植栽頗多，在花季時其實處處都可說是「賞櫻點」（但因為如此，堪稱「賞花名所」者，必然是有萬中選一的條件，才會吸引大批的人潮）。東京的銀杏也一樣。身為東京都「都樹」的銀杏，不僅大學校園內有，街道也有，一到秋天便換上金黃市容，非常好看。

我所在的大學校區位於東京西郊，長長的大學路本身就是賞花勝地，不過，若要說「銀杏名所」，自然首推位於立川的「國立昭和紀念公園」。

都說繁花勝景，自然是景勝人也盛。銀杏季一到，即使是在平日，昭和紀念公園裡人數也不少。雖說銀杏果會出現異味，卻不影響遊興，一面走一面拍照，都是歡樂景象。

但有些人是「不走」的。

剛入園就看到了，大約四五床的「病床長輩」停在門口附近的平臺，高高的視野可以收攬眼下的銀杏美景。床邊都伴隨著照護人員，因為照護者並沒有穿統一的背心，不知是不是來自看護中心。也許是家人，或私人照護，總之外表看起來像是精心打扮過的出遊模樣，倒像是朋友（病友）們的聚會。所以，這是一場明媚秋光下的「病床郊遊」？

經過的時候，發現「病床長輩」們插著呼吸器，掛著尿袋，眼神所顯示的是……大約如我們認定的「植物人」狀態。雖然四周美景如畫、生氣盎然，但在此處，空氣彷彿靜止了一樣。

這種一切忽然「停格」的感覺，之前也曾遇到過。

•

札幌近郊野幌森林公園區的村內，平日遊客不多，但有小學生和中學生團體到這裡校外教學，熙攘的鋪坐在草地上野餐，顯得很有生氣。這是個戶外教學的好地方，既有森林公園又有充滿歷史沿革的建築物，遠遠的深處還有湖泊和湖邊步道，但因時間的關係我只走到半途就折回來，剛好遇見飽餐後的小學生整著隊，精神抖擻的向前走。

和精力旺盛的小學生錯身後，我到村內唯一的大眾食堂吃飯。

初夏的天氣十分怡人，陽光暖暖風很溫涼。但剛剛離開小學生們的熱鬧，走上餐廳的階

梯後，忽然覺得時光就此靜止了。被樹林包圍的餐廳，迴盪著風吹樹葉的韻律，聲如潮水，沙─沙─沙─沙──

我以為餐廳沒有營業，但餐券售票機是亮的，櫃檯和廚房都還有人。露臺的空間看起來很舒服，我跑去那裡的長桌等餐。一坐下，發現時光又開始靜止了。那種感覺很奇怪，明明櫃檯有人，客人至少有我，卻覺得整個畫面處在一種「停格」狀態，只是沒有被消音，因為有大如潮水的樹葉聲。

其實客人不只有我們。

進門時靠近櫃檯那裡有四、五位老人。坐著輪椅，吊著點滴，有看護陪同。應該是附近安養院來出遊的。看護幫他們圍上圍兜，餵著食物。輪椅圍成一圈，看護有時彼此聊天，有時會問問老人「好吃嗎？可以嗎？」老人用空洞的眼神，偶爾咧嘴笑笑。

我不敢看他們的眼睛。

一直以為愈是無法說話、無法行動、看來只能任人擺佈的老人的眼睛，就愈藏著人生的祕密，所以難以正視。

「如果有一天，我們變成坐在輪椅上的那個老人，能過這樣的日子也許就算幸福了吧。」朋友說。

不知算不算是，但時光是不會真的靜止的。

沙──沙──沙──

樹搖葉動，一直沒有停歇。

後來我一直不想記得的、又不能忘記的，其實就是這個餐廳。

‧

因為安養院需要空間，需要休養的環境，並且兼顧成本，多半設置在偏遠的郊外，所以郊外的風景園區經常可見這樣的「照護郊遊」吧。遇見幾次後，我也逐漸將之視為常態，同時逐漸體會，這樣的郊遊，看起來似麻煩又徒勞，但無論對「照護者」或「被照護者」來說，應該都是一種身心的療癒。不說被照護者需要外界的空氣，全天照護失智或失能者，情緒其實充滿壓力，身心都需要更大的支持。

在風光明媚的地方，總是不自主的關注這自然美景裡的一角，也許是因為家中長輩多半已是高齡了，自己要步上高齡之路也不會太遠，所以感受良多。醫學發達後，「人沒那麼容易死掉」，是幸還是不幸呢？

日本當然是亞洲高齡化「嚴重」的國家，也已經計算出到了二〇二五年老齡人口（七十五歲以上）的比例會到一：五（每五人中有一位）。面對這個狀況，似乎不得不盡早面對未來社會的轉變與需求。以老年照護為重要目標的衛福思維當然是必要的，但在高齡人口日漸增高的時候，日本也開始轉換方向，檢討了之前社會福利以規劃高齡照護為主的計畫，改變成以「減少需要照護」的人口為目標。因為只有盡量讓高齡者身體健康，可以自理生活，才能減輕照護的需求。花在這種「預防」上的經費和人力，無論在「老後」品質或者社會負擔上，才具最大的效益。

在「不要麻煩別人」的社會風格下，許多需要被照顧的高齡者都有著「拖累後輩，我很抱歉」的負罪心情與無奈，如果遇見災變，絕望感更深。

•

三一一災變兩個月後。五月十一日，因核災匆匆避難疏散的福島災民們，終於被同意可以短時歸宅，看看自己的家，取出一些東西。這是有條件的返家，包括時間的限制、防輻汙的全身裝備、不得攜出寵物等等。然後每人發給一個七十公分見方的塑膠袋，可將想帶出的東西裝進去。

災後終於能返家，許多災民心裡懷著緊張並激動的心情。看見還活著的寵物，寵物用疑懼的眼神看著「裝扮奇怪」的主人，不知該不該、要不要相認。主人內心也很掙扎，因為相認又如何，馬上又得分開……另外就是七十公分置物袋的限制。「好多東西放不下。」「好想帶出充滿紀念的相本啊。」「怎麼辦怎麼辦？」災民說。真是令人感傷。

以三一一核災為背景拍攝的電影《希望之國》、《家路》，都指出了高齡者在失去家園、天倫離散，陷入無法安享餘生的絕望。前者描述父親「趕走」還有漫長人生的兒孫，不讓他們留在充滿生存危機的家園。但離開之後的生活必定艱辛，所以自己不想成為拖累者。家園被封死，未來也被封死。劇中兩老最後一步一步環顧了無人的市街，以自殺終結了人生。而《家路》裡的母親因為「家園淨空」，被安排住進了侷促的組合屋，在漫漫無期的不安定中，逐漸產生失智的情況，次子最終違法帶她重回家園，準備在充滿輻汙的環境中度過餘生。最後的畫面停留在母親站在田中，一邊插秧一邊看著四周說：「是不是都沒有人了呢？好奇怪，為什麼都沒有人呢？」

非常安靜的「廢墟」家園，非常靜止的時空。

坐在電影院裡，想起地震後打電話給定居在茨城的姨婆，問她好不好，擔不擔心輻射汙染。

「我那麼老了，能去哪裡呢？」她說。「還能在家裡就好，就算有汙染什麼的也盡量吃吧，反正再活也沒多久了。」

在風光明媚的地方，
總是不自主的關注這自然美景裡的一角，
郊外的風景區經常可見這樣的「照護郊遊」。
這樣的郊遊，看起來似麻煩又徒勞，
但無論對「照護者」或「被照顧者」來說，
應該都是一種身心的療癒。

卷二
朝顏

「妳怕蟲嗎？」
「怕。」
「怕老鼠嗎？」
「怕。」
「怕蛇嗎？」
「我怕一切該怕的東西。」
「怕黑嗎？」
「怕。」
「但是妳看起來什麼都不怕。」
「因為有比害怕更重要的東西。所以會變得勇敢。」

到東京第一夜，匆匆鋪床，把浴室燈打開，半掩門，然後入睡；第二夜，整理一下住處，買了民生用品，安頓後，依然把浴室燈打開，半掩門，然後入睡；第三夜、第四夜……到了第五夜，要去開燈的時候，忽然愣住：我為什麼要開燈？這種動作，不自覺地顯示著「不在家」的狀態。

我在家睡覺是不開燈的，連夜燈也沒有。

於是關燈、掩閉浴室的門。回到床上躺下。沒有多久，眼睛就適應了黑暗。

床正對著陽臺的落地窗，夜光從厚窗簾的縫隙裡透進來，我在無燈的屋內，安然而熟悉的辨識著自己的「家」。那些各就各位的居家擺設，放久了就會開始「生根」了吧？這就是生活。

第五夜，就這樣的關燈了。

對我來說，可以把燈全關掉的時候，就是家了。

閃亮與停滯的記憶

時序一過夏季，就有一種惶惶然。對討厭熱天的我來說，惶然的當然不是夏日的本身，而是夏日一過，這一年彷彿就靠近尾聲了。

是什麼時候開始感到時間這麼不經用呢？忙的時候擔心時間太快來不及，閒的時候也害怕時間太快、好日子太短。人從一懂得傷春悲秋開始，就像列車駛出車站，再也回不了頭。駛過的站、遇過的風景，再如何值得咀嚼，都會變成記憶——「停滯」的記憶。也許有人不同意，認為有一些停靠站是會重複造訪的，不會停滯，譬如舊地重遊。然而，所謂「舊地重遊」這件事，正是「停滯」記憶最好的證明。

之前暫居東京所在的地方，是學妹留學日本時的母校，從碩士唸到博士，總共待了六年。六年間我去拜訪過兩次，分別在她初到第二年，以及將要畢業之前。雖然有兩次，但我對這個大學區鮮明的記憶卻一直停留在第一次。大概是那時的她有「青春新鮮人」擁有的、對新世界的憧憬與好奇，在她帶領下，我看見的大學區也是閃閃發亮的。

她帶我步入校園內的小路，穿過類似小森林般的區域，來到她所居住的外國留學生會館。單人宿舍裡雖然空間狹小，但擁有獨立空調、盥洗設備和廁所，室內井然有序，窗外一抹綠意，一種「小而安適」的感覺在空間裡漫延。不過印象最深的是散步出校園後一起去喝咖啡，我們走進一家三層樓建築的咖啡屋。她熟門熟路的點了餐，說「上三樓去」。原木階梯、轉角懸掛整理鏡，學妹上樓時偶爾與錯身而過的同學打招呼，我偷偷往桌區望去，多半是學生模樣的男女在看書或書寫，燈光很是溫暖，四周有細瑣的說話聲，但整體仍然是安靜的。我們在三樓禁煙區就坐，還能從大塊的窗玻璃望見外面高高的行道樹。

在多年前的那時，臺灣尚未風行如星巴克、丹堤等本土或外來的、窗明几淨、消費合理、即使一個人前往也不會遭來「異色」的、單純喝咖啡休憩的咖啡店。更不用說大學區附近出現這種人文氣息濃厚的咖啡店了。這種咖啡店的存在，彷佛是大學人文氣氛展現的一部分，之後我不管去阿姆斯特丹大學、海德堡大學、哈佛大學附近的咖啡店，都會連結起這次的記憶。

在學妹畢業後幾年，我在一次日本旅行的空檔忽然想舊地重遊，覺得在旅行末尾的疲憊中，到之前的咖啡店裡坐坐，與昔日記憶接軌，也是不錯的選擇。搭電車從都心經過四十分鐘來到大學區，沒想到沿路走著卻遍尋不著。讓我困惑的是，大學路僅此一條，兩旁建築亦無打掉重建的痕跡，就算當日不曾記下店號，相同建築的身影也不應全然消逝。雖然如此，畢竟旅途匆匆，常有錯失，當時也不再掛意。

來此暫居後，又不免想起舊事。此時與彼時，時空相距更為遙遠，記憶復原更不可得。在出發前曾與疏於聯絡的學妹聯繫，因為當時未知所居的學人宿舍概況，便隨口說「就如妳當時的宿舍也好。」豈知學妹大驚說「什麼？不會吧！」這反應直到我抵達後、生活安頓妥當，隨意踱步到「外國留學生會館」時才有點明白。小森林依然存在，但蓊綠之下落葉、枯枝散亂，覆蓋了小路，四周有點破敗感。留學生宿舍歷時多年已有些破舊，看似校園偏廢的風景。趨近朝一樓空房的窗戶窺入，床桌之外幾乎不容一人轉身的狹小空間實在太令人驚訝：這就是學妹住過的宿舍？缺乏曬衣的空間，我看見洗後的內外衣物掛在窗外，大方展示在路過的旁人眼前。學人宿舍要是若此，無怪學妹要大聲驚呼了。

生活裡雖仍偶爾想起那時的咖啡店，卻無意刻意追復。我每天騎車經過大學路，對於商店街兩旁店家多已熟悉，其中咖啡店幾乎都光顧過，沒去的大約是速食、連鎖店之類無新鮮感的，譬如羅多倫。不再需要滿足嚐鮮的興致之後，某天經過便想「那這次就去羅多倫咖啡吧」，才推門一望，心裡忽然一顫。

三層樓、木質階梯、轉角的鏡子、三樓的視野，儘管所有的色澤都已褪色（鏡裡的自己也是），但我知道，就是這裡。

「居然是羅多倫」，這件事對我而言，與其說是驚訝，不如說是謂嘆。在路上來回經過了這麼多次（幾年前那次旅行的空檔想必也經過了羅多倫），卻沒有一次會認為就是「那一家」，因為十多年來臺灣時尚的、平價的、外來的、本土的連鎖咖啡店如雨後春筍般蓬發，「眼界大開」、胃口被養大了，羅多倫咖啡根本算不得什麼，更何況日系連鎖咖啡店或速食店在商場一陣廝殺，羅多倫、真鍋、儂特利等都逐漸退出臺灣，和那一年「閃閃發亮」的形象是如此不相稱。但我雖然驚詫，眼前景象卻無損心目中原有的記憶，不管是留學生宿舍，或是當年的咖啡店，為何仍如此閃閃發亮呢？彷彿與眼前的「真實」是不相干的。

當人生列車已經開出，每一個停靠站的記憶就隨之停滯在那裡了，即使百轉千迴再度停靠同一車站，時空卻重複不了。那年的記憶是「停滯」的記憶，在某個人生座標裡發亮，無法被複製、被更新，但也不會被替換。重遊舊地留下的只會是新的記憶。

新的記憶很快也會變成人生座標中「停滯」的記憶。但我知道，儘管「停滯」，只要閃閃發亮，永遠是人生裡重要的收藏品。

星巴克女生

我其實不太喝咖啡，也很少待在咖啡館，但在東京的夏日卻經常到星巴克報到。我所在的這個大學區咖啡店不少，但因為星巴克有庭院可以停單車，又有書寫桌，視野寬敞，費用中等（相對而言比臺灣便宜），品項熟悉又多，都是選擇的優點。

之所以經常到咖啡店報到，只是不想一直窩在宿舍裡。這是一種奇妙的感覺。譬如大熱天在臺北我經常安心待在家裡，因為對這個城市的熟悉，即便不出門也可以想見人事物是如何律動的；也知道自己存在的位置、擁有的人際牽絆，已經像是卡進整個城市大齒輪裡的小齒輪一樣，就算生活進入「夏眠」狀態，其實也會自然而然的跟城市一起呼吸、滾動，不會真正的脫節。說穿了，就是一種根植的在地性。

但這種「根植感」在國外是沒有的，因為從來不屬於這個城市，自己的小齒輪本來就沒有卡進城市的大齒輪裡，如果又一直躲在角落，不奮力跳進大齒輪的律動，就彷彿不存在。

不存在原來的世界、又不存在眼前的世界，就像掉入時空的黑洞一樣。想來有點令人戰慄。

我以客座研究員的身分在這個大學區生活，雖然如此，這個身分其實是一個沒有實質內容的頭銜，既不需要跟誰一起工作，也不需要定期跟誰報告，非常自由，也相對的非常「飄浮」。對人際關係很被動的我，既不想、也沒有積極去拓展人脈、快速進入某些社群，生活過得簡單再簡單。這樣一來，如果再不把自己趕出去，像小狗撒尿一樣留下「我在這裡」的印記，讓別人可以看見我、「指認」我，豈不是整個夏季的「人間蒸發」？

剛開始去星巴克，很自然的就用日文的外來語說了「コーヒー ラテ」（Coffee Latte），沒想到女服務員一愣，似乎不懂。我一時懷疑起自己的發音，但又試了一次。她恍然大悟說了聲「スターバックスラテ？」（starbucks Latte），我才知道這是星巴克拿鐵的「正名」。

大概是因為排班時間確定的關係，之後我就常常遇見這個臉圓圓、老是充滿笑容的女服務員了。幾次看見我帶著電腦進門，她總是微笑帶著「妳來啦」的眼神，然後說：「スターバックス ラテ？」有時才在門口停車，她會開門出來說歡迎光臨，牽車離開時也會跟我說再見；有次在大雨來臨前到店，看見她正和同事在門外收傘，快速奔進店內，滂沱的雨勢立刻就到了，我們一同愣愣望著落地窗外的雨柱，忍不住說：「スゴイ（真驚人）！」

大學區的咖啡店人文氣息很濃，裡頭有各國學生或學者是司空見慣的事，像星巴克這種世界性連鎖店更是明顯，無論在店裡閱讀或書寫，店員多半心照不宣，也不會多問。

星巴克女生
讓我在這個城市生出了
「根植感」，
讓我即使離開，
可以笑談著：
對呀，那夜下著大雨，
一出站我就看見那個女生……

後來我愈來愈「囂張」，有時候明明不去喝咖啡，還是大搖大擺的把單車停在店外，然後跑去附近逛超級市場、書店、甚至別家咖啡館，或者去遠地蹓躂到晚上才回來把車騎走。雖然這裡的住戶大多隨意停車，被開黃單好像也只是警告不會立刻拖走，但因為我的單車是跟研究生借的，不想為對方帶來麻煩。停在星巴克的前庭就不怕了呀。但剛開始是有些尷尬的，有時圓臉女孩才跟我微笑點頭，就眼睜睜看著我慢條斯理的停好車轉身離開。

我們沒有額外的交談。感覺上是「認識」又好像不認識。

有一天晚上我從外地回來，出車站又遇見夏季雷雨了，這年夏天東京不停出現雷暴雨，池袋那邊甚至發生三名正在下水道工作的工人被大水沖走，以及戶外電表被雷劈中爆燬的事件。暴雨撐傘也很難擋，很多夜歸人都站在車站出口期待雨勢變小。我也站了一會兒。

這時我看見前方有一對男女在鬧彆扭，男方撐著傘說話，女方低著頭好像快哭出來的臉。我瞧了瞧，那臉怎麼看怎麼眼熟，是研究生？研究生的朋友？圖書館員？海報女模？電視上出現的……腦中正快速搜尋、一片混亂的時候，那女生抬頭看見我了，哭臉忽然一愣，我也一愣。因為感到失禮正把眼光轉開的那瞬間，我立刻知道了，是「星巴克女生」！

我看見她，也被她看見。不是在星巴克、沒有穿制服，而是在這個下著大雨的城市、生活的城市。不是研究生、不是研究生的朋友、不是圖書館員、不是海報女模、不是電視上出現的任何人，是我在地生活中「認識」的朋友，而她也「認出」我來。我知道自己被鏈結在她的「小齒輪」記憶內，一同滾進城市的大齒輪裡「存在」著了。

星巴克女生讓我在這個城市生出了「根植感」，讓我即使離開，可以笑談著：「對呀，那夜下著大雨，一出站我就看見那個女生……」留下的是一部擁有時間軸、並在地醞釀的生活故事，而不是幻燈片式的旅人櫥窗。

要離開的前一天，我照舊在午後去喝咖啡。還是遇見她的圓圓笑臉，還是說「スターバックスラテ？」但是之後她應該不會看見我了，就像每一個不再出現的客人一樣。

她是我在地認識的「朋友」，但其實是陌生的，一個陌生的朋友。

狸，蛇、猴以及蜘蛛

・關於狸

來到東京，在這個校區生活以來，我似乎沒有經歷過「適應」的階段，很快就建立起生活的秩序。一方面也許是因為臺北和東京在都市的「表象」上是很接近的，在大學路上麥當勞、肯德基、摩斯漢堡、迴轉壽司、甜甜圈、星巴客、羅多倫咖啡，以及超級市場等一路排開，加上漢字林立，使初來乍到的「鄉愁」幾乎不存在。

另一方面是這座大學的校園建築和風格，跟我的大學母校實在太像了。每天騎單車進入校區的時候，不但完全沒有陌生感，雖然已身為研究員，還有一種忽爾回到學生時期的錯覺——從研究生借我一輛腳踏車開始、從去活動中心的食堂吃飯開始、從「我們約在『總圖』見吧」開始、從「這星期的學術演講會在×時×地，記得去」開始……每個語彙都和我從大學到研究所時期經歷的時光如此相似，然後遇見臺灣研究生在我騎車經過時跟我問好，恍恍然好像看見過去的自己。

但我無意在此緬懷青春（事實上也沒什麼好緬懷的），只是覺得熟悉。每天到圖書館看書，中午在學校餐廳吃稱不上美味但便宜的食物、或者騎車到校外買個漢堡果腹，下午在校園林樹間散散步，然後喝杯咖啡再回家。這樣的生活頻率彷彿早就存在一樣。只差沒有看見野狗而已。

記得以前大學校園裡有不少野狗，特別是在文學院前的大道上，有陽光的時候，經常看見野狗三兩成群、坦腹露肚，非常「囂張」的躺在路中央曬太陽。有時在文學院研究室待到晚，走側門也會遇見屈身在地、但眼神炯炯發亮的狗。

所以，當這個下過雨的夜晚，我穿過經常散步的校園林樹，在要回宿舍的路上前方，遠遠看見一隻暗裡走來的動物時，想也不想就覺得是一隻狗。直到近身約兩輛車的距離，我忽然站定，不可思議的發現牠……是一隻狸。我一直停在原地，看著低著頭、溼漉漉的狸邁著穩定的步伐，走向我、與我錯身。

錯身後，不可思議的情緒仍然在我心中發酵，忍不住回頭望，發現那隻狸也停下來看著我。我們就在充滿濕氣的昏暗路上，四隻眼互望了幾秒。那種奇妙的感覺，使我有一瞬間以為牠會變成人形站起來……這當然只是我的幻想而已。

隔天帶著嘖嘖稱奇的語氣向研究生探詢，想不到每個都用一種「嗯」的平常心回應我，始知在這個靠近多摩山區的校園裡有狸，根本不是什麼大驚小怪的事。看過吉卜力動畫〈平成狸合戰〉的人，都知道這是描述一群居住在多摩丘陵地的狸，因為居住地被人類過度開發，而引發生存保衛戰的故事。也就是說，多摩山區本來就有狸的居地。據說有幾隻跑到校園的林樹裡住了下來，經常出來走動，狸泰然自若，大家也視之平常。

反倒是野狗，不管是基於什麼原因或「處置」，不僅是校園，整個東京市區幾乎看不到流浪狗。要是真的在校內看到野狗才奇怪吧？明明到這裡之後我就沒有看見過野狗，當夜卻仍一廂情願認為遇見狗才「正常」，這種「理所當然」的錯置，說起來就是一種自以為對這個校園「熟悉」的荒謬。我對這個校園真的「熟悉」嗎？遇見一隻狸，來自「動畫成真」的新體驗，才是真實的在地聯繫。

帶著舊記憶來建構新記憶，許多「不一樣」就自動被忽略、被覆蓋了。這是東京，不是臺北；這是一橋大學，不是我的母校。所以記憶應該從零開始，而且，本來就是從零開始。

‧關於蛇、猴，以及蜘蛛

靠近東京多摩山區的這個大學校園，還保有一些原始小樹林，未經整理的林地常常陳積著枯枝與落葉，也許我曾經遇見的狸就藏身在其中也說不定。不過在還沒看見狸之前，有可能先看見「可怕」的東西了。

繼某個雨後夜晚在校園中遇見狸之後，研究生跟我聊起一段「奇妙」的經驗。

供學生使用的影印部和情報（電腦）中心大樓位於校園內側，就緊鄰著小樹林。我去過那裡，入夜後經常還燈火通明，和外部的「荒蕪」是個對比。

事情發生在某個白天，某個臺灣研究生正要進門去影印時，在門口發現一條蛇了。一看非同小可，馬上進去通報影印室的阿姨，想請警衛來處理。阿姨趕緊跑出來，看著那條粗長的青蛇，一面說：「好胖的蛇啊！」一面拿出手機拍照。接著又進去找另一個阿姨，兩個人邊看邊聊天說：「啊，我知道這條蛇呢，它經常在這邊出入。」看了一陣，兩人就回去工作了。

又剩下研究生一人，他錯愕的望著蛇，蛇也彷彿一副「被打擾」的樣子望著他，過了一會兒，就自顧自爬回旁邊的樹上歇息去了。這時他才有點恍然：阿姨們是來「觀賞」蛇，不是來抓蛇的！也才靜下來想：也許蛇只是路過這裡要去「辦自己的事」而已，卻被他這樣大驚小怪的驚擾了。

這可以說是不同社會對待自然生命的基本差異嗎？或者是說我們太過擅自區分生命的「可怕」與「不可怕」了？著實讓研究生有了思索的空間。

這件事讓我聯想到當時剛發生不久的新聞：有一隻猴子在早上上班尖峰時刻，忽然出現在人潮洶湧的惠比壽車站外的樹上了。通勤族一出車站就會看見活蹦亂跳的猴子，引起一陣騷動。猴子當然「不適合」在車水馬龍的都市裡「流竄」，於是警方調動一百多名警力進行圍捕。

「一百多名？」本來一面做早餐一面聽新聞的我，狐疑的跑到電視機前面觀看。只見一百多名警察東圍西捕，猴子吱吱亂跳，結果矯健逃脫、不見蹤影。看到一百多名警察狼狽又好笑的樣子，相信很多臺灣人會跟我有相同的疑問：「為什麼不用麻醉槍？」先打麻醉、將之逮捕，再做處理，不是「標準程序」嗎？腦海中頓時出現日本警察「好笨」的困惑。新聞隨後一本正經的進行「猴子來自哪裡」的討論，大部分認為是從多摩山區跑出去的，因為離東京市不遠。但是究竟是如何到市區的呢？走路？搭電車？……老實說，聽到這些過分認真的討論還真令我有「瞠目結舌」之感。

為什麼不用麻醉槍呢？雖然至今我未得到正確的解答，但想來實際狀況並不是「好笨」這麼回事。

經過「蛇、猴事件」後，度過夏天，離開東京之前我去了「哈日族」朝聖地表參道。逛進某家品牌店的時候，發現顧客和店員都退在某一角落。原來是穿衣鏡上面有一隻直徑約八公分的大蜘蛛。看見這一幕不禁覺得好巧啊，因為我曾在臺北忠孝東路上的服飾店碰過同樣的狀況。當時叫來男店員，把報紙捲成長柄，一棒往大蜘蛛敲去，蜘蛛應聲倒地，速速用掃把清理，非常俐落。現在也是年輕的男店員出面了，拿出一個空的鞋盒，保留一面開口，放在地上。

這景況讓原本要離開的我，十分好奇的留在店裡了。

男店員慢慢把蜘蛛從鏡面引導到地上，引導過程中因為沒有碰觸到蜘蛛，所以速度很慢，感覺上是「隨蜘蛛高興而移動」。蜘蛛終於願意落地了，八隻腳快速移動著，男店員趕快把鞋盒靠過去，但蜘蛛就是不進去。男店員搖搖頭站起來笑了，圍觀的人也跟著笑。折騰一陣，蜘蛛終於進了鞋盒，男店員迅速一闔，拿到店外去了。經過這樣「漫長」的處理，店內終於恢復熱絡的「原貌」。也許只有我在關心：鞋盒拿去哪裡了呢？

因為好奇，我還是留在店裡。

不久男店員拿著空鞋盒回來了，笑著跟其他店員比個OK的手勢，說：「嗯嗯，拿到××放走了……」

到底拿去哪裡放了呢？我很想知道，明明外面是時尚、流行、精品集散地、人群雜遝的表參道，是比起臺北還更為「都市性」的區域。

結果那晚我回到住處，看見一隻拇指大的綠金龜停在房間的牆上了。我看著牠，竟思忖著是要立刻捲起紙棒迎頭痛擊還是其他（在臺北我肯定不假思索的「揮棒」，絕對無法容忍一隻蟲子在我房間飛來飛去的噁心）……這一瞬間，忽然發現自己真實體悟了所謂「社會性」這件事。在社會的不同角落、不相干的人，面對相同事件具備「相同基調」的反應，其實就是「社會性」吧。這種「相同基調」會逐漸擴散，成為「文化」的表徵。然後，在這個社會住久的人，便會不知不覺的被同化。

如果要我選擇，當然不想跟蛇、猴，以及蜘蛛住在一起，但問題是，蛇、猴、以及蜘蛛，應該也沒有很高興想跟人類住在一起。可以的話，就「讓萬物各自過自己生活吧」，也許是放在「很可怕」、「很危險」的思維裡，一種對待生命的溫暖。

單人
用餐

跟東京朋友在新宿的「臺灣協會」找完資料後，一起去喝咖啡，進入地下街的儂特利，找了兩個並行的單人座位坐下——應該是說，要找非單人座位並不容易。因應單人消費而設的單人座位幾乎成為店內的主流，放眼望去，前區、後區，幾乎都被規劃成「各式各樣」的單人座位了。所謂單人座位就是小餐桌只設單邊位子，對面不是走道就是隔板，避免與人四目相接，讓人充分感受到獨享的自在，也透露了這個社會的生活密碼。

一個人（無論單身或已婚）在外通常如何解決午餐呢？臺灣很多朋友都說一個人不可能上餐館，除了買東西回辦公室解決，最輕鬆的用餐地方不是速食店就是美食街。原因是一個人用餐多半想速戰速決，即使是想悠哉用餐，一個人上餐館彷彿總有令人「形單影隻」的「側目」，心情還是無法自在。更重要的是，餐館在用餐的尖峰時間也不歡迎單身客，要不是勉強挪個桌子出來，就是安排在類似小學教室角落裡的那個受罰者座位。「花一樣的錢，為什麼要這麼可憐？」大家都有同感。

臺灣休閒服務業不太歡迎單身客，不管是「買一送一」、「三／四人同行一人免費」、「全家同行小孩免費」等等促銷活動，其實就是「對不起，不歡迎一個人」的意思，商業思維建立在「多人多消費」的前提上。面對生育率年創新低，為人口憂慮的臺灣社會，也許不會太想鼓勵單身生活，也不太會在乎單人消費的權益，不過在同樣生育率低迷的日本，寸土寸金的東京倒是充滿了「單人餐桌」。

單人用餐未必是單身用餐的同義辭，現代生活中有太多時候需要獨自用餐了，特別是中午的時段。就算是慰勞一下辛苦的上班族，或是體貼一下想要、必須要單人用餐的族群，日本餐廳都感受到商機無限。

臺灣雖然跟日本一樣，很多餐廳在中午都推出了午餐優惠，但稱之為「商業午餐」，只在工作日提供，休假日就沒有。但是日本的超值午餐稱之『Lunch Set」，不分平日假日一律供應。無論上班族、家庭主婦、單身客、家族聚餐都是被「超值」的對象。一個人用餐不會被排到「空氣不良」的角落、不會勉強挪桌像是被懲罰。

一個人的東京生活，我也經常找機會享用超值午餐，在假日曾有一家人跟我一樣同坐在吧檯。吧檯非常寬敞，還可偷偷瞧見認真料理的帥哥主廚。平日的話就比較不會碰到家族，但有很多單身客人悠閒用餐。店員不會吝嗇安排好的座位，讓人用餐、書寫、冥想、翻書都很自在。

超值午餐是日本餐館的競爭戰區，從價格不可超出日幣一千元，到不可超出一千五百元，以及上限到兩千元的設計其實都經過考量，在美味的要求上更不可馬虎。所謂超值就必須真的「超值」，因為這是抓住客源的兵家之地。所以，一個人上餐廳享用正式晚餐雖仍引人側目，但中午時段幾乎任何餐廳都歡迎單人消費。

只是，倒也有些餐廳是女性或男性一人不太願意隨興進去的。

和東京朋友約在吉祥寺，見面時對方興高采烈的說著：「妳知不知道轉角那家拉麵店？」「……？」「那家拉麵很有名，小小的店面每次都大排長龍。」我對食物的熱情好像從來沒有到排隊的程度。「剛剛經過那邊，現在沒有人排隊呢。」一面難掩興奮，一面用詢問的眼神問我：「要不要去吃？然後再去喝咖啡。」

一起朝向拉麵店走去，果然是好小（窄）一間，只有沿著櫃檯一排座位。朋友探了探身，說：「剛好還剩下兩個空位。」才入座，外面立刻有人排隊了，而且瞬間就變成人龍。

「好幸運呢。」她說。這幸運中還有我未意識到的緣由，因為：「我想妳應該不會一個人來吃拉麵。在日本，像拉麵店、吉野家這種，女生很少會一個人上門的。」雖說也沒有具體的規範，但女生一個人出現在這樣的店裡就是怪，除非是在離峰時間，一個人默默坐在角落。難怪朋友這麼興奮，要有空位又要有伴，吃個拉麵好像還必須「天時地利人和」才行。

「我應該還好，因為是外國人哪。」我說。

看來這個社會對女性的制約（或者女性對自己的制約），表面上雖已多所改變，其實有些還是根深蒂固難以動搖吧。身為外國人當然很無感，又若只是進出觀光客絡繹不絕的拉麵店更體會不出來。但當自己愈瞭解這個社會、愈進入生活常軌，恐怕就會不由自主的被社會制約，不願作出「踰矩」的行為。

在離開東京之前，我請擔任助理的男研究生吃飯，並由他推薦餐廳。結果他問我吃不吃蛋包飯？因為在網路上搜尋了附近一家女性人氣極高的蛋包飯專賣餐廳，覺得可以去試試。蛋包飯聽起來的確很「少女風」，而這家專賣店無論裝潢、色系，也真的非常「女性」。

男研究生說：「早就想來參觀參觀，這回終於託您的福才能來。」我無法理解，他解釋：「這是女性餐廳呀，男生單獨來或成群來都很奇怪，您看，店裡的男生旁邊都有女生。」果然，店裡客人百分之八十都是女性，而沒有男性是落單的。

這家餐廳連MENU都有提供給女性的「Lady's set」套餐。我說這Lady's set是套餐的名稱，還就是只有女生可以點呢？男研究生說應該是只有女生可以吧。「是這樣嗎？」我很懷疑：「我們不能點兩份Lady's set？我問一下店員好了。」這時對方露出面有難色的表情。

「咦，不能問？」

「我沒有勇氣在場問出這個問題。」他說。

這時我才認真體會這看似玩笑的話，其實裡面暗藏的也是用餐制約，這個制約是女性主場，男性一個人不僅沒有勇氣踏進來，要「踰矩」點Lady's set更是不可能。光想像點餐時被女性店員「嫌棄」或拒絕的表情，男性自尊大概跌落谷底難以翻身。

女生不方便一個人去拉麵店，男生不方便一個人到女性餐廳。也許是個人差異，但也或許就是這社會單人用餐的制約。

「個室」的美味

近年來在臺北開設的日本拉麵店似乎愈來愈多了，光是東區就有好幾家正宗日本各地（從九州到北海道）品牌拉麵設櫃（店），不管是用餐或非用餐時間都有人排隊。

不知是吃門道還是看熱鬧，總之不停有人讚嘆哪家拉麵好好吃，排隊也樂此不疲。甚至到日本也有拉麵必遊（吃）勝地，其中最有名的應該是從九州起家，至日本「遍地開花」的「一蘭」拉麵，似乎是臺灣觀光客「朝聖」必到之地。一邊吃麵一邊說著「好好吃」、「好幸福」、「好棒喔」等讚嘆加表情符號的眾多經驗分享，一定不忘拍下一蘭拉麵特殊的「個室」座位，說「好有趣、好有隱私權、好感人」等的評語。

住了日本一陣，我只吃過一次一蘭拉麵。說是錯過了美食也許吧，但其實並不是沒有機會（一蘭拉麵的連鎖分店很多），只是每次總有更好的選擇，所以就放棄。想一想，也許關鍵就在於那個（大家新奇讚嘆的）「個室」座位。

日本都市因為居地狹小的關係（東京尤甚），不論是家裡、職場或公眾場所，往往被迫與人蹭身雜沓。最「恐怖」的當然是擁擠的電車，陌生人毫無選擇的被「送作堆」，甚至貼身到被迫面對面呼吸對方噴出的氣息；大多數的辦公室桌位都沒有隔板的設計，大家眼對眼、肘對肘，一舉一動都「光明正大」的攤開著（應該在很多日劇、電影裡都能看到）。這樣身體被迫愈靠近的社會，其實心裡是愈想疏離的，大家都渴望有個完全屬於自己、不受干擾的空間。

日本的居所在空間設計上非常喜歡「隔間」，到不同的日本朋友家中作客，就算是坪數一樣是三、四十坪，跟臺北的屋子相較總覺得小。似乎就在於隔間，再怎麼小，如果能隔出一人一個房間還是要隔（不能當然放棄）；浴廁分離，也是要獨立隔間（當然無法容納房間加衛浴的「主臥套房」），進入浴室前的洗臉盥洗更衣處要獨立，還是要隔間……所以屋子裡似乎都是門，為了隱私這是必須的。（在臺灣，很多人洗澡時是穿著內衣或光著身子穿過客廳去浴室的吧，洗完澡也是如此「不成體統」的在客廳晃來晃去吧。）

在家裡、職場找不到獨立空間的就去外面透氣，速食店裡只服務一人的座位幾乎大幅取代雙人以上的座位，網咖等一人包廂也經常有人窩居。用來包裹書皮的各式書衣大為風行，是因為在公共場合（如電車、速食店等）看書時不希望暴露自己的喜好。不要應對、不要干擾、不要麻煩……好擁擠的空間，好想閉鎖的內在。

「個室」應該就是這樣應運而生。

跟朋友在新宿地下街的速食店喝咖啡時，發現大坪數的空間內雙人座位極少，因為大部分都是個人座的關係，可見一個人的座位需求遠遠大過其他，在設計上不需浪費空間。看過去一排桌子只在一邊設座，對面是沒有座位的；另外還有隔板隔出的個人桌區，在小小的區域內抬頭可以完全看不到「左鄰右舍」與對面的人。

剛開始我覺得好貼心，好像日本社會總能為逐漸增多的「個人族群」著想，不像我們的社會還是以雙人（以上）作為消費的思維。但在這個社會生活愈久，愈感到「個人之自在」與「個人之閉鎖」的極大分野，這種分野在表面上是看不出來的，但對社會風格的形成與影響卻很大。不禁反思，因應而生的「個室」餐桌，為的是個人之「自在」還是「閉鎖」呢？

做為觀光客的「蒐奇」，看到一蘭拉麵「個室」自然是特別的，同伴各自領著號碼牌，看著「個室」上的燈號入座，從小窗遞訂單、取麵，小窗開啟又關閉，接著「專心」的吃麵。絕對是旅行好體驗。但是，有沒有想過，如果去除旅行體驗，朋友相偕吃麵為什麼要選擇這樣的「個室」呢？一般來說應該不會吧，既然要一起吃麵，何苦閉鎖在互不往來的「個室」？雖然一蘭的個室設計還是很貼心，隔板可以因應人數需要而打開，但在基礎上仍然是以「一人的自在」為出發的。或者說，日本的拉麵店本來就經常是「一個人吃（包括立食）」的地方，而且通常不是正（式）餐，吃完麵有「下一攤」，或者才結束「上一攤」，酒後餓了來上一碗。

而這「一個人」還有性別區分，這社會存在許多潛在的文化制約，一個人的拉麵店是屬於男性的，女性一個人入內與之側身就需要有點勇氣。但「個室」的貼心可以解決這一切：大家都不要打照面吧。顧客之間不要、廚師不要、跑堂的也不要，多「自在」啊。

一個人吃麵的自在，建構在閉鎖的餐桌上（嗎）……

其實我自己第一眼看見一蘭的「個室」座位感覺並不「舒服」，很難說明的總之立刻聯想到K書中心、個人網咖，甚至個人牢房窗格等，都是很孤寂閉鎖的意象。生活一陣後，更覺得這種「個室」無疑是這社會的一種隱喻。連個人點什麼口味的拉麵、麵的粗細、湯頭的濃淡等等都不想讓人窺伺的社會，相對的也有具強烈窺伺慾的群體存在（如以建構「社區意識」為題的社區媽媽……）。防禦與窺伺之間本來就是同強同弱。

不過我和東京朋友是喜歡拉麵的。也知道拉麵店本來就是速戰速決的地方，要聊天談心就在吃完麵後再找地方。即使如此，兩人一起到互不往來的「個室」吃麵還是不如能肩並肩的依靠。美味的拉麵「個室」就留待一個人的時候再享用了。

家庭餐廳

日本有所謂的「家庭餐廳」，多半連鎖經營，像臺灣也有的樂雅樂、Skylark等也是。也許我們對「家庭餐廳」有種同等於「平價餐廳」的感覺，所以有人會納悶：「樂雅樂為什麼是『家庭餐廳』？它的價位並不便宜啊。」其實家庭餐廳雖然相對而言經濟實惠，並不是代表價格一定「大眾食堂」化，還是有等級的差別，譬如「ガスト」跟「樂雅樂」相比，前者比較便宜，後者就是層級稍微高一些的家庭餐廳。

「家庭餐廳」應該就是可以全家大小光臨、無拘無束用餐的環境，而且營業時間很長，村上春樹小說《黑夜之後》，就是以在家庭餐廳深夜未歸的高中女生為主角，所建構的東京之夜。在家庭餐廳用餐「很自由」，娃娃哭鬧的、小孩互相吵架、四處奔跑、打翻飲料或碗盤；中學生聚會、溫書；家庭主婦閒嗑牙等等……都可以。有些也會提供兒童玩具或小畫具，有無限續杯的咖啡、茶，或自由取用的冷熱飲自助吧；總之，是讓闔家用餐輕鬆自在的地方。

以上所敘述的狀況，除非是在五、六星級以上飯店的高級餐廳，或是媲美米其林層次的高級餐廳，不然在臺灣幾乎每家餐廳都可以這麼「自由自在」，所以大概難以理解「家庭餐廳」的功能。只是，在日本並非如此，公領域與私領域的差異與尊重，反映在包括餐廳在內的各種公眾場合，也就是說，屬於「家庭間的吵鬧」是私領域的事，沒理由要公領域的所有人一起承受。

剛開始我的體會也不深。但某日在一般日式餐廳吃午間特餐時，出現了年輕媽媽帶著幼兒在用餐，幼兒哭哭停停，後來一直哭鬧、分貝愈來愈高。媽媽雖然一邊哄，一邊還是繼續用餐。受到波及的在場客人開始顯露出不悅的神情，我也感到心浮氣躁想要快速離開。結果，因為店員遲遲不處理，忽然有用餐的長輩大吼一聲，起而指責媽媽的態度不對！猛然聽到罵人的話，我大吃一驚。這時不只是吵鬧的那桌，有幾秒鐘幾乎整個餐廳都靜止下來。年輕媽媽立刻抱著孩子走出了餐廳。

這讓在場的我愣住了。

餐廳恢復安靜後，我很好奇在場客人的反應，試圖聆聽餐廳的輿論。只有一部分的人談著剛剛的事件，而且一面倒的批評媽媽的不對，認為她早該處理孩子哭鬧的問題，這種私領域的吵鬧本來就不該困擾公領域裡的旁人。大部分的人則彷彿什麼事都沒發生一樣，繼續著原本進行的動作。

我有點訝異，居然沒有人發出「孩子本來就是這樣啊，你們有沒有愛心呀？」的聲援。說「居然」，是因為在「媽媽／小孩最大」的「偽弱者愛心」社會裡，這樣的反應通常會被指責吧。

老實說，空間恢復安靜大家才能放鬆用餐，我也不得不「感謝」起身咆哮的長輩……

「妳要在小孩的哭鬧不休下用餐是妳的事，為什麼我們必須陪妳一起？」這無關同情心，而是公領域的意識，小孩子當然是無知的，但大人並不該是。所以壽司店的客人指責媽媽不指責孩子，有種「妳是媽媽妳要處理孩子的哭鬧，不能要不相干的人一起陪妳」的意思。因為其中或許也有好不容易暫時脫離家中的吵鬧，想來吃一頓「安靜」午餐的媽媽啊。大家都付費來享用公共領域，誰都不應該破壞。因為有家庭餐廳可供選擇，並非「走投無路」的可憐。

相對的，如果在家庭餐廳用餐，就不能咆哮抱怨可能有的吵鬧，因為這就是「家庭餐廳」呀。

我也常在大學區附近的家庭餐廳用餐，但假日就不去，因為真的很吵。初到時曾經在星期天去過一次，一進門就有點「震驚」，平日還算「清幽」的空間，不僅大桌已滿滿圍聚補完習一起來吃飯的學生，旁邊也有剛打完球來補充體力的小孩，空氣裡瀰漫著年輕的汗濕氣，以及永遠上緊發條的笑鬧活力，四周嗡嗡嗡彷彿懷疑自己大約染上耳鳴無法復原。

還有一次空間則是充滿媽媽小孩的「親子組」，坐在哄小孩吃飯的、調停小孩吵架的、制止小孩亂跑的、督導小孩寫作業的「真實世界」裡，想要「老僧入定」不僅不可能，好像還有點不道德……

後來跟臺北朋友聊到這件事，她說真希望臺灣也有這樣的餐廳意識。原來有一回她跟朋友吃飯談事情，朋友忽然帶著三歲小孩一起來。「這也沒關係，但重點是三歲小孩一直不受控制的在餐廳尖叫，後來還一邊叫一邊繞著別人的座位跑。」她因為注意到其他人困擾的眼神，感到不安。她朋友卻無奈說：「沒辦法，我管不了他，隨他好了。」但是她卻坐立難安，提議下次再談吧，兩人便結帳離開。

「『隨他好了。』這句話在家裡說可以，在公領域說有點怪。」臺北朋友這麼認為。還有一種情形是家長以大聲斥責小孩作為教養的責任，結果大人小孩一起吵，完全無濟於事。所以倒希望餐廳能有區分，告訴哪些人可以在哪裡用餐，這樣才能「各得其所」。

不過，或許這也是一種社會風格，不是靠區分餐廳就可以處理的。當然，這種「亂七八糟」的社會風格，有時也會被認為（或自認為）是「社會生命力」的活力象徵，被津津樂道著。

祭典媽媽

日本的夏季是充滿祭典的季節，因為如此，村上春樹說自己很喜歡夏天，覺得是個有活力並且開心的時光。但這年日本的夏天有悲傷的基調，因為震災與核災的關係，關東、東北的人們不僅沒有心情、也不敢去有輻射汙染的海邊，夏季花火大幅取消，東北夏日祭典等不到觀光客，雖然仍勉強維持住一些夏日「儀式」，但大家心裡都明白這不是「真正的夏天」。

凝聚社區意識的「夏祭り」就是必須維持住的活動，一定要經過大大小小屬於「園遊會／遊藝會」式的「夏祭り」，宣告夏季的來臨才行。這些社區或大小學校的活動，都必須靠家庭的支持「協力」完成，像社區活動的擺攤、表演、佈置等等，無一不是自發性的支持，說是自發性，當然有種不容間斷的凝聚與互助意義，像商店街的組織通常就很堅固。

參與這種活動最累的其實就是主婦們，男人一旦有社區參與的熱忱（或興趣），準備餐食、張羅孩子表演的衣物、以及大大小小的瑣事就落在主婦身上。所謂主婦未必是沒有工作的婦女，但以日本社會對主婦的價值期待，「主婦的工作」永遠凌駕其他「不重要」的身分之上。

如果是樂在其中的婦女當然無所謂，但是不是樂在其中，「蠟燭兩頭燒」的婦女也不會跟其他人透露，這一方面違反日本社會價值，一方面也會被認為這是身為「女強人」自己必須去解決的問題，「失職主婦」不會獲得「同情」。

社區參與還說有選擇性，但學校的活動就完全無法「自由」，我的東京朋友身為大學教授，為期末事務忙得焦頭爛額，卻接到孩子保育園來的通知，說七月某週末要舉辦每年例行的「夏祭り」，孩子們要跳民俗舞，雖然知道媽媽們都很忙，但也請協力幫孩子縫製舞衣。所謂舞衣就是小男孩跳日本民俗舞那種深藍色簡單浴衣，說是簡單，但剪裁、縫製，領口胸襟的對稱與襯裡，都需要費時費工。而且沒做過衣服的人，看那一張專業的「和裁」圖示根本就像天書！

「居然附了一張裁作圖示？」我有點驚訝。難道是建立在女性（媽媽）都必須會手作的前提上？

「這個要求的確是建立在這前提上的。」對方說。

意即這是身為主婦應該有的能力，無論如何都「請協力」完成。這個協力當然關係著自己以及孩子的顏面，不然上場那天沒衣服穿，或因為沒衣服穿而無法上場，讓孩子當場心靈受創，就是失職媽媽的最好註腳。

「妳看看，這不是找麻煩？明明知道職業婦女忙到翻，還是要媽媽們協力。」

「這種衣服不能用買的？」我很疑惑。

「當然可以，而且還便宜得要命！但保育園覺得媽媽有參與的責任，不能認為孩子送到保育園就算了。但媽媽就是因為沒辦法才會送孩子去保育園哪！」

「那怎麼辦？」

「有些媽媽就咬牙花一星期做到三更半夜。但像我這種忙到不行的怎麼可能，也不想做。這是整人嘛。」

「有代做的地方嗎？」

「有啊，可是非常的貴！好像要懲罰這些不會女工的媽媽一樣，代做費用大概可以買全新的衣服十件。而且時間還要提早預約。」

朋友最後把「那塊布以及製作圖」一起寄給了家鄉的日本婆婆請她幫忙，並且交代孩子就跟老師同學說是奶奶做的沒關係，她不想孩子過虛偽的人生。「反正我就是這樣的媽媽，會不會做衣服跟失職根本無關。」她說。

因為某些元素，臺灣有些女性也許對日本主婦生活充滿戲劇般的憧憬，但以多半具備自主意識的臺灣女性來說，進入日本家庭，如果不是天生就對「主婦」一職充滿渴望，並且願意成為「依附性」的存在，那些快樂做愛妻便當、愛兒便當的生活背後，不可能毫無內在的衝突。日本社會對於「主婦制」的依賴，儘管因為經濟環境的改變，時至今日也有「雜音」，但是這長久以來的「分工」維繫了這個社會的穩定，似乎還是獲得了絕大多數男女的認同。

這使我想起夏天的颱風假。

氣象預測強颱即將橫掃東京的時候，我問東京朋友：「什麼時候會宣布要停課停班？」

「不一定。」

「那停班停課的標準是什麼？」

「就是看各單位的判斷吧。」

「咦，沒有類似臺灣『人事行政局』之類的統一宣布嗎？」我問。

「沒有。」

原來日本沒有「颱風假」。沒有那種「統一宣布」的颱風假。

各個學校依照自己的情況，認為會危害學生安全了，就通知停課。各機關單位也一樣，所以有可能這家銀行放假了，那家還照常營業。

像這種「放假大亂」的情形，在臺灣應該會被罵翻，或者立刻灌爆政治人物網站吧。關鍵民怨來自少子化社會、「生育為大」的父母心聲：孩子停課，我們卻要上班，那可怎麼辦？政府有體諒嗎？

同樣少子化的日本社會，並沒有因此想減輕父母「重擔」的意思。孩子停課大人要上班的狀況似乎常常有，所以父母雙方一定要有人請假帶小孩。不只如此，如果孩子在學校發燒了，絕對要請父母帶回家，不可能讓孩子留在學校傳染別人。學校有活動，也沒有什麼「統一訂外賣」這種事，午餐一定要家長幫孩子準備便當。因為這些本來就是「父母的責任」。

日本近年景氣不佳，上班族苦哈哈，雙薪家庭不少，養育孩子也很辛苦。但社會上對於「父母的責任」絲毫沒有鬆綁的意思。只是，可以理直氣壯大聲說「我要上班」、取得「社會正義」的一方還是男性（爸爸），女性（媽媽）不將工作放下來帶小孩就得不到同情。這也是女性在職場上的困境。

比起日本，臺灣環境對於小孩還算是「友善」的，小孩在公共場合（甚或高級餐廳）大吵大鬧，幾乎都被能容忍；颱風假只停課不停班招惹民怨，大家也都覺得有理。

那天在日本的大學校園裡，有位推著娃娃車的媽媽被下課時學生飛馳的單車撞了，娃娃車也傾倒。媽媽扶起娃娃車後立刻跟學生說「對不起」，因為上課時間的校園本來就不屬於民眾，讓孩子陷入「險境」，又造成學生困擾，是媽媽自己的責任。

儘管如此，日本的生育率還是稍稍高於臺灣。

和機器打交道

在東京生活可以一整天不用說話（當然在臺北也可以），這並不是指足不出戶，而是因為這個城市除了指標清楚、生活機能良好之外，還是個自動販賣機發達的地方。

自動販賣機起源於何處我不確定，但可確定的是日本的自動販賣機「推陳出新」程度實在令人吃驚。不僅吃的能賣、用的能賣，固體的能賣、液體的也能賣，熱的冷的冰的能賣、罐裝的袋裝的需要烹調的都能賣。

商務飯店的一樓大廳就經常擺了一整面牆的自動販賣機，裡頭的東西琳瑯滿目（還包括盥洗用具和梳子髮圈之類的）簡直可以取代便利商店。光是看介面旁邊的操作說明就令人嘆為觀止。

另外是機器愈來愈「人性化」，譬如現調熱飲販賣機，從糖的多少、奶精加不加，到咖啡濃淡都可以有個人化的選擇。我是一個不害怕機器的女性，所以每次看見新的設計都研究得津津有味。

從東校區要回住處的路上，會經過販賣機區，大概是為了對面二十四小時開放的研究生大樓設置的。我經常停下來喝杯冷／熱飲，然後再慢慢走回家。這邊的機器不知算是更新到第幾代，像新聞話題裡的電腦動畫面板這裡就有。為了防止顧客無聊，在等候飲料的十秒鐘裡，會貼心放映一小則有趣的電腦動畫。這個設計乍聽之下會覺得「拜託，就十秒看什麼動畫！」，但在當下真會不由自主的看下去，然後飲料就出來了。果然等候的時間就算只有十秒，腦袋真是一陣空白。

靜靜喝飲料的時候，會看見各式各樣的研究生從我身旁走過，因為販賣區旁邊有一個吸煙區（校園內並非全面禁煙，但只能在指定的地方抽煙），所以大部分是男學生從大樓裡跑出來抽煙的，看見我會狐疑的瞄一眼。大概很少有日本女性會一個人在「大庭廣眾」之下站著喝飲料吧。

有一次我一邊喝飲料一邊接了個從臺灣來的電話，講完之後，忽然有不認識的女研究生跑過來，用中文興奮的說：「妳是臺灣來的？」

我：「……嗯。」

研：「我也是！忽然聽到中文好興奮。」

我：「你剛來？」

研：「我博班要畢業了。妳什麼所？」
我：「XX。你呢？」
研：「商學。」
我：「哇，好厲害的所。」
研：「還好啦。妳剛來？」
我：「嗯。」
研：「那年底要參加入學考？」
（碩博研究生年齡從二十幾到四十幾歲都有，所以我被誤認也不奇怪。只是這把年紀還要入學考，會不會太慘？）
我微笑說：「我不是學生。」
研究生似乎感到失禮，道歉後很快就消失了。果然人的位階一出現，關係就無法單純了……

之後我還是繼續到這裡跟機器打交道，偶爾遇見熟識的人，多半就是點頭微笑。可以不必說話的城市也許會讓人際關係疏冷，但有時想保持安靜卻是很好的依賴。

不過，我雖然不害怕機器，卻很不喜歡機器人，特別是害怕工程師老是懷著做出跟真人「一模一樣」機器人的夢想。因為明明不是人，卻以跟真人分不出來的設計為理想，想來很恐怖。先不說好萊塢電影老愛描述高階機器人不受人類控制的「邪惡反撲」，像日劇《絕對彼氏》（完美情人），或電影《我的機器人女友》裡那種看似體貼卻非真實的溫度、又如何都無法老去的完美情人，只令感到人際關係更為悲涼。

許多國家全面機器化的地方大概都反應在交通運輸上，售票與出入站整天都是機器聲。日本售票面板細緻到找錢、換錢、轉乘、單程、來回、預售、劃位、一日遊等等都能選擇。連補票都有專屬的「精算」機器負責，有時候整個站口看不到一個站務員。

那站務員在哪裡呢？

我曾在涉谷買了票要去橫濱，又臨時變卦不想去。手上拿著票想退，四處望望，發現這個站口沒有站務中心也沒有站務員。我在售票機前看了半天，忽然發現右上角有一個小小的紅色按鈕，上面寫著「呼ぶ」。

這可以按嗎？按下去會鈴聲大作，還是機器停擺？我會不會被「逮捕」？雖然懷疑，我還是按下去了。很快的，按鈕的上方忽然打開一個小框，露出一個人臉，說：「什麼事？」我嚇一跳，愣愣說：「我要退票。」對方從小框接過票，迅速的退錢給我，小門立刻關閉。

原來站務員「住」在機器裡面！（好像蠟筆小新也「發現」過這件事）回神之後我很高興，因為，終究有機器做不到的事，沒有什麼比看見活生生的人更好的了。

生活的紀念單

正在準備晚餐的時候，聽見門鈴響的聲音。

我的居處雖然說是學人宿舍，但並不在校園內，而位於一般社區之中。所以水電瓦斯費用、郵件簽收等等，都在生活自理範圍。這倒也沒有什麼困難，收到繳費單，到便利商店繳費就可以了。若有訪客，多半也是事前約好，所以門鈴響的機會並不多。

我從門房孔望外看，一位穿西裝掛著名牌的先生一邊擦汗一邊說自己是NHK的收費員。因為心生戒心，又身為外國人，原本想置之不理的。但轉念一想，不知會不會給自己的共同研究員添麻煩，所以將門鍊扣上後開了門。對方拿出證件，客氣的說要收三個月的NHK收視費。老實說我看電視的時間很少，也未必看NHK，但因為不知道能不能拒繳，只好繳了。

是的，我繳了三個月的NHK收看費用，當「左鄰右舍」發現這張繳費收據時，紛紛睜大眼睛，一邊為我的「奉公守法」感嘆，一邊懷疑我遇見了詐騙集團。因為NHK的經費一部分來自政府，一部分來自收視戶，但很多人對於「強迫收視強迫收費」的方式非常不滿，所以經常拒繳費用，理由不外乎「我從來都不看NHK」。當然，其中也有明明是收看了，但認為收費不合理的「賴皮」拒繳戶。但因為NHK是「公共電視」，所以也不會「剪線」懲罰。

成為收不到費的「苦主」後，NHK只好派出收費員挨家挨戶的催繳，雖然成效不彰，還是持續進行著。也因此市面上出現了魚目混珠的假收費員，這樣一來，住戶更不願意繳費了，面對上門的收費員總是以「好啦好啦，我會去辦理銀行轉帳扣繳」收場，不過這個承諾大約十之八九不會兌現。

這其中原委我是繳費之後才清楚的，雖然我不知道自己如果身為日本國民會如何看待這件事，但作為短期的外國訪問者，乖乖繳費（稅）給日本國營公司實在有點「蠢」，「左鄰右舍」安慰我把它當成「生活學習費」，只是，那位達成任務的收費員（如果是真的）應該樂翻了，幸運指數大概像中了樂透一樣。

不過三個月後我當然「學乖」了，再聽到收費員的按鈴聲就是充耳不聞，既然知道不會給共同研究員帶來麻煩，又是短期居留，自然是「入境隨俗」不繳了。

只是，退房前整理東西時，這張NHK繳費收據被我當成「生活紀念品」留下來；另一張被我保留的，是郵件待領通知單。

在信箱拿到郵件待領通知單的時候，實在有點錯愕。最初請在臺北的寄件方千萬不要使用國際快捷，是因為國際快捷一定要收件人簽收，如果送不到當事人手上，就會用電話聯繫。由於我白天經常不在家，萬一接到郵局的電話又擔心語言溝通不良，為了避免麻煩，就請對方寄一般航空。

但對方依約寄了一般航空，我為什麼還接到待領通知單？仔細一看，原來是因為A4大小的文件塞不進我的信箱，我又不在家，放外面又怕搞丟，所以郵差只好把郵件帶回，放了待領通知單。

這樣，不就等於掛號信嗎？我納悶著。

一般航空寄件受到這樣的「待遇」讓我有點受寵若驚（所謂一般信件，不就是丟掉了算自己倒楣嗎），也有點「人算不如天算」的感覺。原本想避開跟郵局打交道的麻煩，結果還是避不掉。

待領通知上列出的四個取件方案，自己去郵局領只是其中之一，其他三個都是郵局「再配達」約定。也就是說，可以透過電話、網路郵件、傳真等方式，約定時間請郵差再送來。而且申請「再配達」要比親自取件的手續還要簡單，真是太好了。因為在臺灣就算是掛號，如果錯過收件，只能自己去郵局取件，大概沒有請郵差再投遞一次的選項。

上網依序填了「再配達」的單子，約好再送件的日期、時間，按送出。然後，隔一天，時間一到，郵差就來按鈴了。因為不是掛號，所以不用簽收，但是已確保送達該址。把完好無傷的文件放在書桌上，我呆坐了幾秒，想想這不同的體驗，既不用跑郵局又保全了文件，從最初的「麻煩」轉而感到貼心。

回臺北後不久，收到朋友寄來A4大小的一般郵件，看見文件被對折努力地卡在信箱口，但仍然露出三分之二在外面搖搖欲墜，大約可以想像郵差是如何盡力的在處理這個投遞。我想，裡面的文件應該被折得面目全非了吧，風險更在於路過的人不論故意或好玩，都可以隨手把它抽走。

然而，這是一般郵件，就算折損了，被偷走了，風險也該自我承擔，默默自省：「誰叫你不寄掛號呢？干郵局什麼事？」

蔦屋與 *TSUTAYA*

TSUTAYA經營的DVD／CD／VCD影音連鎖出租店，在日本應該是無人不知吧。我住處所在的大學路上也有一家，但起初一直以為是類似像淘兒唱片行之類的連鎖商號，也不以為意。直到有一天，因為想買一張剛上映的電影原聲帶，所以進了店裡找。的確是在架上找到了，但怎麼看怎麼奇怪，好像是被拆封過的。這時環顧四周，才發現這並不是一家唱片行，而是一家「應有盡有」的大型出租店。

出租店能出租正上檔的音樂和影片讓我有點吃驚，後來問了研究生，的確是如此。細節不太清楚，總之這是合法的出租，皆經過唱片／影片公司授權，也已談妥權利金。我看了一下出租費，採會員制出租，一片大約五百至七百日幣左右，這樣的價格當然對臺灣來說覺得貴，但若換算日本購買一張全新CD要三千元日幣的比例，出租實在便宜太多了。

TSUTAYA影音出租連鎖店的招牌在很多地方都看得到，可見其需求量。店中的「熱租排行榜」也成為歌手／影片熱不熱門的指標，被放入像日本銷售公信榜中同樣被重視。如果有人特別注意東洋音樂排行，應該就會發現這個現象。

研究生告訴我說出租片沒有防寫保護，可以複製，這讓我很好奇：「這樣誰要去買CD呢？」對方說：「如果想要收藏一定會去買，畢竟複製的東西既沒有封面又不夠完整。至於電影，看大螢幕是不一樣的，想看的還是會去。而且出租有收權利金呀，總比被非法下載好。」

想想也對，有些片子就是想去電影院看、有些CD就是想要收藏，和租片或下載是不一樣的，這是作品的魅力。

兩度到東京生活，我都沒有在TSUTAYA租過片子，倒是進電影院看過電影，如同研究生所說，有些電影就是想進電影院看。

在日本看電影，成人票價一張日幣一千八（約臺幣六百元），實在所費不貲。但當時電影院有每週三「Lady's Day」（仕女之日）的女性票價日幣一千元，當然立刻去體驗。日本大部分的電影放映都是沒有字幕的，有字幕場的電影會在時刻表上標示，以供需要的人（譬如聽障者）選擇。當時我看的〈崖上的波妞〉並沒有字幕場，但還好如宮崎駿所說這是一部「畫給五歲小孩也能懂」的動畫，對我來說對白並不複雜，聽力可以跟上日語的速度。

後來電影院取消了「Lady's Day」的優惠，沒有看電影的念頭，也逐漸忘了影音出租店。

會再注意到TSUTAYA，是因為在要離開東京之前，偶然間看到了代官山「蔦屋書店」要在年底開幕的消息。這家書店之後在臺灣知名度頗高，似乎已成為「文青」到東京必訪之地。我會注意的原因在於「蔦屋」就是TSUTAYA，原來這家專做影音出租的連鎖企業最終的「夢想」，是打造這樣的一座書城嗎？從「賺錢」到「夢想」，出租店的形象，和充滿設計感與視覺美感的人文品味，似乎有點距離，不禁引發我對「蔦屋（TSUTAYA）書店」的故事想像。

查資料才知道，其實TSUTAYA在一九八三年在大阪枚方市的第一家店，店名就是使用「蔦屋」，在成功經營影音出租王國的三十年後，開始著手完成開業時最初的夢想，打造一座「書、電影、音樂」互通、充滿人文品味的複合式書城，命名也回到了原點，因此「代官山T-SITE」的「蔦屋書店」就在二〇一一年底出現了。

原本覺得「這種」書店臺灣也有，大約就像誠品的放大版，但去了之後就知道不是。

二〇一二年初夏，到代官山「蔦屋書店」的時候是雨天，在嘩嘩的大雨聲中入內，迎向眼前的是非常安靜舒服的空間，幾棟書樓有空橋連接，閱聽人口在裡面或立或坐或流動，就是一幅「書店景象」，不是「商城」。日本不流行東南亞風（包括臺灣）的大排檔、小吃街的飲食經營。西餐廳和小酒吧都在獨立的戶外。與書店連結星巴克咖啡，室內座位區的風格和書店閱讀區融為一體，緊鄰書店的便利商店，也低調設計出融合書店品調的通路口。二樓空橋過後的書店內部咖啡區很寬敞，除沙發外並提供休憩與討論的大桌，流洩的音樂和燈光都很吸引人。

「蔦屋書店」結合TSUTAYA影音出租的通路，影音館成為強項，也提供個人影音租借、觀看的空間。會員在電腦螢幕上點選、試聽、刷卡，立刻取得作品欣賞。

大雨一直下，空氣裡有種初夏的潮濕青草味，書店內詳和寧靜的閱聽氣氛，令人流連忘返。

也許天氣好的假日會是另一番人群川流、嘈雜喧擾的景象也說不定。

但記憶這件事就是這樣，如果之後不會再訪此地，那麼這就是我對「蔦屋書店」永恆的感覺了。

睫毛膏
及其他

晚間從千歲機場到札幌的電車上，經過轉機、飛機又碰上大霧在空中盤桓折騰許久，已經非常疲累。而車上跟我一樣的人大概不少，所以有種昏沉的氣氛，只剩下車行鐵道空隆空隆聲在車廂內迴旋著。

我環顧四周，旅行者或返鄉者彷彿都有一種百無聊賴的心情，連交談都很沉悶，除了車廂內第一排那個單人座的女生之外。

女生坐下來之後先是非常精神的打了幾通電話，然後拉開包包取出一個筆袋，從筆袋裡拿出一根根的睫毛膏，對著小鏡，專心在車上刷起來。刷睫毛膏需要專注與專心，眼睛撐大、手勢與手力都處在緊繃的力道上，女生染著黃髮、身上帶著叮叮噹噹的金屬鍊子，對照起大多數人的「失神」狀態，這個刷睫毛的女生散發出一種「不成體統」的神采奕奕。車程大約四十分鐘，刷睫毛的動作沒有停過，重複的上色、加長、捲翹，耐力驚人。

說「不成體統」，是因為在日本據說早已有「看不過去」的老先生投書，對現在年輕女孩這樣在大眾交通工具上大剌剌化妝的行為，非常不能苟同，覺得真是超不得體。

在電車上刷睫毛膏的女生大概不太能理解老先生的氣呼呼，既然在電車上看書可以，在電車上化妝就不行嗎？同樣是在做「自己的事」，又沒「吵」到別人，難道是因為看書比較高尚？

看來是理直氣壯的回應，但以上兩件事雖然都是「自己的事」，其實其中最大的分野，就在於你心中有沒有「別人」。有些事在房間做可以，在客廳就不適合；在家中做可以，在外面就不宜。在老先生的心中，像化妝這種類屬「整理儀容」的事，就像是衣服必須穿戴整齊才能出門一樣，衣衫不整到車上才整理，也許沒「吵」到別人，但卻「冒犯」了別人。

電車的禮節往往很微妙，當眾化妝確實不得體，但到過日本的人都會發現：日本人不讓座。東京朋友說：「的確是，所以臺灣人比較可愛。」雖然不讓座好像是「常態」，卻還是有老先生投書媒體，指責年輕人在「優先席」上不讓座，真是太過分了。

電車的一般座「一視同仁」沒有誰該讓座的前提，老弱也不會有應該被讓座的預設。但「優先席」便如臺灣的博愛座，是老弱婦孺優先，不讓當然不對。只是，這和我們的「道德訓練」有點不同，讓座是心意、是教養，哪能有「博愛座」之分？也因此，在臺灣的公車內長者與乘客相互發飆的景況時有所聞。但東京電車搭久了，在動不動一個小時以上的疲累通勤時間內，能無罪惡感安穩的坐在一般座上看書、打盹，也能逐漸體會這種座位區分的輕鬆。

感覺上，電車禮儀非常容易引起世代紛爭，不少環節都關涉到兩代道德教養的差異。但在東京遇上連續大雨的天氣裡，似乎有一件事無關世代、不需關照，是所有人進電車都會做的動作，那就是收傘。

豪雨中出門最困擾的就是到處濕漉漉，大雨時大家多半使用長傘而非摺傘，收放之間水珠很容易就甩到旁人身上，擁擠的車站應該更是如此，想像拿著滴水的雨傘擠電車的畫面就是不舒服。但我在進入月臺等車時，卻看見每個人似乎反射動作般的立刻就把傘收攏束好，我也趕緊將手上「開花狀」的長傘束成瘦長「枴杖狀」，這樣一進電車，即使傘尖在滴水，傘緣絕對不會弄濕旁人。

所以上車束傘應該是一種禮貌吧，在車上被「開花狀」的濕傘波及，總是很討厭。長傘是如此，那麼摺傘呢？摺傘所附帶的小小傘套，或許很多人都覺得多餘。但在雨天招待到臺北旅行的東京家庭時，看見一家四口一進捷運站就開始收傘了。把濕漉漉的傘摺好，放入附帶的傘套，然後收進包包裡。我則如所有臺北人一樣，自然的將摺傘拿在手裡，滴滴答答的滴著水。「因為一下車就要用了不是嗎？」我們這樣想很合理吧……

也許是每個時代的普遍性，日本社會對現在的年輕人是很有意見的，像是在車上喧嘩、

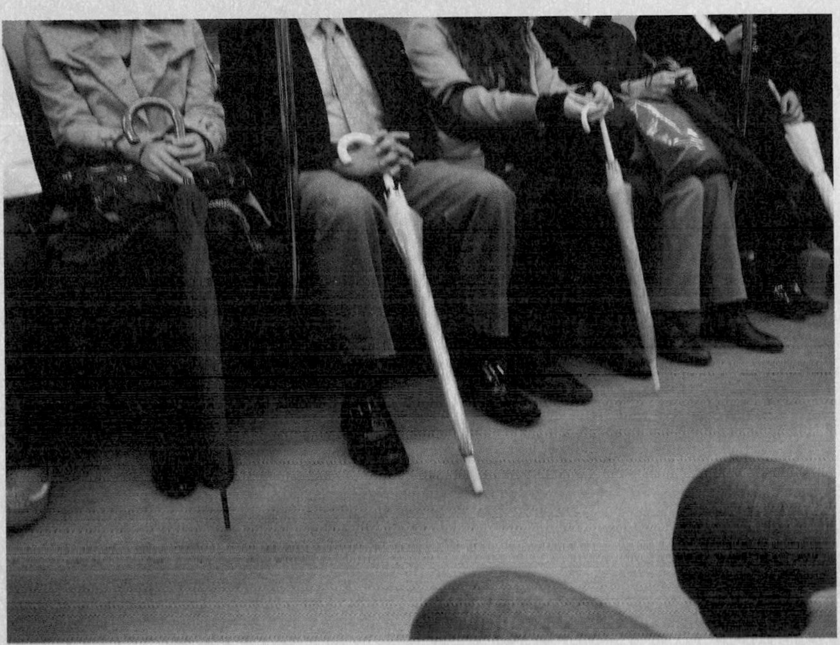

上車束傘應該是一種禮貌吧，
在車上被「開花狀」的濕傘波及，
總是很討厭。
將手上「開花狀」的長傘束成瘦長「柺杖狀」，
這樣一進電車，即使傘尖在滴水，
傘緣絕對不會弄濕旁人。

不讓座等現象，也很頭疼。不過在大多數的電車內，還是經常安靜到只剩下大家拼命傳手機簡訊的按鍵聲。至於「電車內應該束上濕漉漉的傘」，即使是在外表看起來「不良」的傢伙也照做，或許意謂這已是內化於心的行為了。

曾經有兩則日本女星的懷孕宣言吸引了我，吸引我的是她們回答了記者詢問對孩子的期望，一個說「希望他（她）成為令人感到舒服的人」，另一個說「希望他（她）成為能夠體諒他人痛苦的人」。我一看就無法忘記，因為這些期望裡都有「別人」。

也許有人說「為別人而不為自己」的人生太辛苦了，大概顯示了日本社會的自我壓抑。也許是對的。但我所想不是這樣的，如果能夠，我也希望成為以上那樣的人啊。令人感到舒服的人，應該也會擁有讓自己舒服的人生，能體會他人痛苦的人也將懂得面對自己的痛苦。

無時差按鍵時代

前次夏天初到東京的時候，住處一直無法連上網路，雖然是因為還沒拿到密碼的緣故，不過想到之後的設定也有可能不順利，使我有點煩躁。沒有E-MAIL、沒有SKYPE、沒有網路即時訊息、不能查詢網頁資料，感覺上好像跟外界斷了聯繫一樣。

連續兩個晚上，我百無聊賴的躺在床上，任電視聲伴著雨聲，在空間裡無意義的流動著。直到彷彿聽見時間一分一秒消逝的聲音般，我忽然從床上驚起，跟自己說：「妳在做什麼？」我不是網路中毒者，也一直不覺得自己被網路綁架，就算這樣，心理上對於失去網路這件事仍然浮躁不安，使我對於這個「新文明」侵入生活的深度，有種刮目相看的「恐懼」。

我又不是被囚禁，有什麼權利說「跟外界斷了聯繫」？住在環境良好的住宅區，家電俱全、有電話，交通方便，郵局、圖書館就在旁邊，所謂「外界」近在咫尺，只是需要自己動口去溝通一下、動腳去跑一下、動手去翻一下、動耳動眼去觀察一下，跟在網路上「安然不動卻暢行無阻」的便宜、方便大不相同而已。就算是增加工作的困難與麻煩，卻非無計可施。而且，是無網路又不是電腦報廢，所依賴的書寫功能依然存在。像我這種經歷過無網路的世代，還是無防備的被網路制約了，從小就在網路世界上長大的世代，可以適應無網路的生活嗎？

當我開始準備好要過「新生活」的時候，網路開通了，我「原來」的世界回來了，以上的「反省」逐漸消失無蹤。

身在國外體驗網路的「偉大」跟在國內是完全不一樣的。手寫信以時間換算距離、打電話以金錢換算距離，空間的相隔如此具體的存在。但是E-MAIL無時差感、SKYPE無金錢感，本來就只在網路上見面的人，彼此處在臺北、非洲或亞馬遜河，距離感是不存在的。在國內從不聽不看視訊、影音頻道的我，到國外才知道可以即時收看電視新聞、可以在網上收聽廣播、可以在YOUTUBE觀看娛樂戲劇節目，雖然無法百分之百，但是複製原來生活裡的影音面貌到百分之七十並不是困難的事。

所以，除了必須克服可能有的寂寞之外，在國外的生活變得容易多了，至少網路撫慰了大部分的鄉愁，多少消除了異地的不安。以對抗身心孤絕這件事來說，比起過去是有利的。只是，這樣安穩過日子的我，心裡總覺得有種說不上來的、隱隱的矛盾。

某個夜裡，照例跟臺北結束SKYPE通話，零時二十九分準備就寢時，感覺了地震。我就像在臺北的時候一樣，非常平靜的先「感受」了一下搖晃的狀況，然後再決定要不要去開大門，直到搖晃停止。靜下來後，才瞬時意識到：我現在是一個人、在異地。要是遇上日劇裡所預設的東京大地震，渺小如我應該會在混亂中被「淹沒」吧。

後來知道當晚是東北的岩手縣六級地震，近期來第二次，也造成了一些傷害。東京只是些微「有感」。可是當時沒有人知道，岩手縣地層不穩定的狀況一直持續到二〇一一年，然後在三月十一日崩裂，造成難以追復的世紀災害。

二〇一一年再度到東京生活時，近三年來網路工具已驚人的日新月異，帶來的方便與依賴（迷戀）也已超乎想像。三一一震災當晚，因為電車停擺造成東京交通癱瘓，產生「歸宅困難者」難以數計，因而出現了「歸宅難民」的新名詞。歸宅距離在十公里之內的人大多選擇徒步回家，夜間的漫漫長路，像是東京人集體在街上行軍一樣。

因為手機、電話斷線，只有網路郵件可以聯絡，大家幾乎都忙著用手機傳訊報平安。低頭拼命的按鍵，看起來面無表情，事實上恐怕是難掩激動又多話的。按鍵傳訊的訓練有素真是在此徹底展現了。

電車上的「人手一按」是進入「按鍵時代」的指標。因為無法在車內講電話，所以只好不停按鍵、不停傳訊，然後還要進入推特或臉書互聯，手指在按鍵上飛奔，文字、數字、圖案、表情符號，毫不含糊的形成了新的溝通「文體」。但對照與日本人當面交談的經驗，用語斟酌、表情自持，肢體動作很節制，拒絕或是批評都有一種讓對方「轉個彎才會達陣」的技術，而網路「繪文字」卻有令人眼花撩亂的直接。沒幾個字就出現一個「天啊」的表情、或親吻的符號、或感動的淚眼、或比讚的手勢……熱情充沛，內外情緒的表達落差極大，實在難以聯想。

在東京咖啡店裡休憩的時候，斜前方坐了一對年輕男女，從點完飲料之後兩人就一直面對面的拿出手機按個不停，非常安靜也非常忙碌，是忙著跟別人「說話」，還是彼此在面對面「網談」呢？熱情必須透過網路才能盡情釋放的情形，在「繪文字」上面展露無遺，兩個人見面說不出話，同在一室也要背對背敲著鍵盤溝通的經驗或許很多人有。

地震來臨時，我曾想，那些在網路上所建立的無時差世界能為我做什麼呢？距離感在網路上消失並不代表真的沒有，舊生活在網路上復原並不代表真的存在，原來無時差世界也是一種虛擬世界，在網路所獲得的、使身心安頓的世界也是虛擬的。那個便宜、方便的世界，不自覺延遲、阻礙了在異地建立真實世界的必須性，也增加了措手不及的機會。那麼，無論擁有多豐富的網路世界，漠視於真實社會，自己終究也會成為虛擬的，不知不覺在世界變成一座孤島。

在無時差世界之後，「無聲勝有聲」的按鍵時代緊接來臨。只是，我還不想忘記，說話時能專注看著對方眼睛的美好。

知惠袋的作弊

冬學期結束前後，考季就來臨了。日本國立大學的第一階段考試是全國性的聯合會考（私大自由決定要不要參加），拿到第一階段成績後，算一下自己的落點，再選擇一所大學報考，參加由各國立大學自行舉辦的二次考（或三次考）。換而言之，每個考生只有選擇一所國立大學的機會，當然也絕對有人「高分落榜」。可想而知，二次考對許多考生來說是「如履薄冰」的事。

二次考的前一天，我所在的大學貼出了「因為要進行入學考試，除了考生、陪考者以及大學相關人員以外，請勿進入」的告示。朋友提醒我，因為除了正門以外其他的門都會封鎖，出入還要憑證件比較麻煩，所以這兩天沒事就不要去研究室了。

感覺上這獨立的大學二次考比臺灣全國性的大學考試還要如臨大敵，也許是來的考生都抱著「除此之外別無死所」的心情，所以不能出差錯。「要是出差錯怎麼辦呢？」我問。也要負責監考的東京朋友說：「想都不敢想。」

在我問出這麼「不吉利」的問題之後兩天，爆發了前所未有的網路作弊事件，雖然發生的學校包括京都大學、早稻田、同志社、立教大學（都是名校），不過可說和東京大學並稱日本第一的京都大學當然成為箭靶。考生在應試中將試題發上網求助「知惠袋」（即「知識＋」），並有熱心的網友高手立刻提供正確解答。這種幾乎是「現場直播」的作弊手法竟讓該名考生除了京大之外，還連闖幾所私立名校入學考。讓人覺得震驚。

事情發生後全國譁然，成為好幾家報紙當然的頭條。新聞節目開始分析這位考生是如何辦到的。最直接的關鍵自然是手機。考場規則不能帶手機，若帶了就要放入包包，然後把包包放在考場前面或後面。但重點是老師不能搜身，如果帶了手機在身上也沒人知道。只是，應試中如何拿出來輸入考題或拍照呢？考試中需要上廁所可由監事人員陪同，也許入內之後就可以拿出手機，但是如何能把考題記得如此清楚而輸入？

話題延燒了幾天，對於作弊手法還是無法「解謎」，在警方偵辦未發布具體結果之前，新聞從作弊手法談到考試制度的弊端，還訪問企業經營者認為考試題目太僵化，已經擴大到高等教育問題的檢討。並且還比較亞洲各國發生電子舞弊的事件，其中舉出最大規模的前例是韓國，建議考場之後要加裝電子探測器，感應考生身上有否帶違規品。

然後也討論了這位（群）犯罪者應該是「愉快犯」，就是看你們（社會）為我團團轉就高興，看大家每天為了解開「謎題」絞盡腦汁又更有說不出的快感：這輩子從沒被那麼注意（重視）過……就算被抓到，也只是「小罪」而已。如果是「認真」要作弊、要考上學校的學生，何必高調的出現在「知惠袋」？

京都大學副校長以「被害方」立場出來開記者會。東京朋友說：「好可憐。」其他國立大學看待這件事絕非興災樂禍，而是有種「唇亡齒寒」感，因為隨時都有可能發生在自己身上。只是，京大的「被害方」立場讓我有點意外。以臺灣社會的思維，自認最大「被害方」應該是攸關上榜權益的考生吧，大學首應想好補救與安撫對策才行。沒想到校方與考生都一起成為「作弊集團」（假設有）的「被害方」了，大家立場一致都在等待「破案」。

在迅速找出嫌疑者，確認毫無作弊集團、也無高科技輔助，更沒有「愉快犯」的心機，只是單純一人犯案之後，狀況有些改變。京大以及幾所大學都被質疑監考不夠徹底、防絕作弊也不夠積極，危害了考試的公平性，學生和家長都出現了「被害意識」。京大副校長再度召開記者會承認監事人員訓練不足，必須再加輔導。

「咦，就這樣嗎？」跟日本朋友聊起時，我這麼問。但對方不明白我的疑惑。我說像這種攸關入學信譽的大事，居然如此不嚴謹到考生可以在考場拿出手機作弊，在臺灣恐怕不僅監考人員要被懲處，還要有相當層級以上的主管下臺負責吧。「原來如此。但為什麼呢？作弊（犯錯）的又不是他們。」對方說。我想起前述「唇亡齒寒」的感想，似乎把監考大任強加為大學教授的「當然業務」本來就有種模糊地帶的不合理。

在學生人權高漲的今日，參與入學監試的東京朋友們一致認為：「監試未必沒看見。但在尚未真正確認下，告發會造成很大的麻煩……」因為告發後歷經舉證、對質，同試場的監試人員都要負連帶責任，鉅細靡遺的詢問記錄，勢必弄到晚上八、九點還無法回家。為了不造成自己與他人的麻煩，要不要告發的判斷變得十分保守。這樣一來，也許就出現了「有沒有發現作弊」的曖昧界線。

以「麻煩」作為理由，在臺灣語彙裡像公開宣示不敬業，不符合對日本社會的想像，但想想卻非常真實。「不帶給人麻煩」似乎是日本人從小的「教養箴言」了，這種教養充分展現在有禮的公共場域上。

只是，「不給人麻煩」的背後也附帶了「怕麻煩」的心理，包括了不想與人「面對面」表達意見的態度。所以與其「當場告發」不如「背後告發」，更何況隨著「當場告發」而來的標準（繁瑣）程序令人卻步，要是「告發錯誤」引發的事端更非同小可。但對我來說，其實「背後告發」才是殺傷力強大啊。

名校作弊事件畢竟萬眾矚目，來自仙臺的嫌犯考生被專機押送關西偵訊，新聞臺一路上出動SNG車現場連線拍攝。嫌犯是住在仙臺的大學重考生（所謂「浪人」），因為擔心落榜的強大壓力而作弊。使用的手機是媽媽的，為了在京大入學考一舉成功，還事先在早稻田、同志社、立教等私立名校進行測試，都成功獲得錄取。不料這樣「單純心意」的作弊，使有些輿論轉而同情浪人，討論起考試壓力下心理問題。

就在輿論喧騰之際，世紀強震襲擊了東北，一瞬間世界丕變，海嘯吞噬了仙臺，也淹沒了「知惠袋的作弊」事件。在強震核災的對比下，作弊事件多麼微不足道。沒人關心浪人嫌犯的處置，沒人追逐京大的態度，意外使校方和考生「全身而退」。

寶寶之路

搭機那日剛好是星期天，早上從吉祥寺出門時已經看見許多年輕夫婦或牽著小孩、或推著娃娃車，從吉祥寺車站要往井之頭公園走去。日本也是少子化嚴重的國家，東京居住空間的狹窄擁擠更間接影響了生養小孩的條件，日本朋友跟我說，就算想多生幾個，也沒得住呀。所以，可以看見集體出現的「娃娃」們和年輕父母，也真是幸福的畫面。

我自己雖然也是從小孩變成大人的，但是始終覺得小孩跟大人是完全不同的「物種」，而且絕非外表看起來那麼「簡單」。和小孩「狹路相逢」時我喜歡凝視他們的眼睛，然後在心裡幫他們配ＯＳ（旁白），譬如：「看吧看吧，我哭一哭就得逞了。」「為什麼大人總是要訓練小孩跟大人打招呼呢？我就是不想呀。」「嗯，我告訴你，抱著我的這位像好男人的是我把拔，但靠在他旁邊這位可不是我馬麻喔。」……當然我應該承認自己當小孩時恐怕也「不單純」，否則哪來這麼多「小人之心」？

但不管對小孩瞭不瞭解，我想沒有一個人會希望搭飛機時被小孩的吵鬧干擾。

出發前兩天我在網路上預先辦理登機手續，挑選座位時我稍稍遲疑了一下。之所以遲疑是因為我選了一個前排靠走道的位子，正要按確定鍵時，看見在我前面的位子有一個附註，這個經濟艙第一排的座位，畫著娃娃圖案、並附註寫著：可以掛接娃娃床。這意謂著我的飛行旅程可能會有一個未滿周歲的寶寶在前座相伴。但因為前排靠走道的位子幾乎都被預訂了，我又不想往後坐，實在難以抉擇。「運氣不會這麼好吧？而且現在又不是假期。」我這樣想，就確認了。

在機場櫃檯辦理登機時，看見一位年約七十的瘦小老伯，懷中揣著一個嬰兒，若無頭蒼蠅似的在幾個櫃檯前遊走，一直到機場人員出來幫忙。這位老伯衣著不甚體面，或者可以說是有點邋遢，「爺孫」的畫面看起來有點奇怪。不過這時我心裡想的是：該不會……？

是的，這對「爺孫」就坐在我的前座。嬰兒一上機就哭個不停，老伯看起來對於哄寶寶不是很熟練，態度好像也不是很在乎。只是機械般的搖著寶寶，用日語說著不要哭不要哭。這時來了一位嗓門響亮身材也高大，但服務甚為周到的中國籍女空服員（這個班機從東京起飛，經臺灣飛香港），對著老伯說：「是不是餓了啊？要不要給寶寶泡個奶啊？」空服員使用中文，顯然知道這位老伯的背景。

老伯模糊應聲。

空服員又說：「我幫您泡吧？寶寶的東西在哪？」

老伯指著一個大袋子。空服員找著奶瓶跟奶粉就去泡了。

嬰兒持續大哭，坐在後座的我，只有懷抱「願賭服輸」的無奈。但這「爺孫」倆的組合實在讓我有點好奇，老伯獨自一人張羅寶寶也讓我有一些「同情」，畢竟是辛苦的。

牛奶來了，空服員把奶瓶遞給他：「您會不會餵呀？」老伯沒什麼反應，拿了奶瓶塞給寶寶，寶寶咕嚕咕嚕地喝著。喝完繼續大哭。我從後座探頭，覺得寶寶被抱的姿勢應該不太舒服，老伯似乎也不太搭理。這時我很想說：您抱起來哄哄吧，然後幫忙拍背，不然怕會溢奶。因為家姐住離家裡近，兩個小孩也像是在家裡長大一樣，是嬰兒的時候我也抱過她們哄過她們，用奶瓶喝奶的嬰兒需直抱拍背、預防溢奶的道理我是知道的。

這時女空服員過來了，抱起了寶寶，幫忙拍背，寶寶不哭了，很安穩的樣子。遞給老伯後又開始大哭，空服員說：「是不是要換尿片呀？您會不會呀，還就我幫你？」寶寶被放在前掛的小床上，換尿布的時候我知道寶寶是個女娃娃。一切就緒後，「還」給老伯，寶寶慢慢的睡著了。

在這個安靜的片刻，座艙長跟空服員一起過來探視，感慨的表情讓我有點在意，然後她用英語跟空服員說：「He is not baby's grandpa.」我豎耳聆聽，接下來的話更讓我驚訝。原來這位老伯不是寶寶的誰，只是拿了錢，幫忙把寶寶帶回中國去的。情形約莫是在日本生活的中國夫妻沒有能力養小孩，所以託人把小孩帶回給中國的家人養。「這情形很多的。」她說。然後用中文對著老伯說：「您拿了錢是不是？您拿了錢總要幫人家把小孩送到啊，是不是？不可以不管啊。」我開始瞭解座艙長的表情，她應該是看過太多的例子了。

這時我也才恍然大悟這對「爺孫」看起來有點奇怪的原因，因為根本是陌生人。這樣說也許有點不科學，但是我認為抱著寶寶的手臂有沒有愛，寶寶其實是知道的。知道事情原委後，看著寶寶的我，心情忽然變得很複雜。也無法得知把寶寶交給陌生老伯的父母，該會是哪樣的不得已。

老伯後來離座不知去哪裡，寶寶獨自被放在小床上於是又開始哭起來。我從後座站起來趴在椅背上看她，她在小床上轉頭看我，忽然不哭了。她是一個白皙可愛的女娃娃，我注視她的眼睛，猜想她內心的ＯＳ是：「我想要抱抱。」但我的ＯＳ是：「可是我不能抱妳。」她的ＯＳ：「我想要抱抱（開始癟嘴）。」我的ＯＳ：「可是我真的不能抱妳啊。」哇哇，把頭轉開開始大哭。

我真的不能抱她，老伯不在座位，當我伸出手去的那一刹那，事情也許會變得不一樣。

老伯回到座位上，寶寶繼續在小床上哭。空服員過來照料，座艙長再度來叮嚀：您真的要把寶寶帶到呀，您拿了錢不是？一定要帶到啊。

座艙長說完話跟我對看一眼，苦笑了一下。我覺得有些難過，本來想在飛機上觀賞《交響情人夢・最終章》，也把影像關了。閉起眼睛，腦中浮現今天早上年輕夫妻從吉祥寺車站帶著小娃娃們要去井之頭公園的畫面，被牽著小手的寶寶們有些正在學走路，搖搖晃晃在晨光下暈染著幸福的金光。

「您拿了錢總要幫人家把小孩送到啊。」座艙長一再這麼說。寶寶之路似乎充滿未知，只能持續用哭聲彰顯自己的存在。

暫停的時間

從旭川到美瑛我搭了車程大約四十分鐘、每站都停的JR普通車，行車速度正適合觀賞窗外的景緻。初夏的美瑛因為還不到夏日的旺季，所以整個街道、商店，甚至車站，幾乎空無一人，要不是小小美髮店的三色燈的確在轉動著，偶爾也有一輛車子駛過大街，不然真的很像空城——儘管街道整齊、新穎，車站也很漂亮，但太陽下山後還是會令人發毛吧，我最初這麼想。

觀光案內所是開著的。「我們到下午七點喲。」接待員微笑說。

等著搭觀光巴士的我們，只看到一個小小販賣部，遑論是餐廳了。沿著站前大路愈走愈遠，車站被拋在視線之外，還是沒有人沒有車也沒有開著的店。

折回車站，飢腸轆轆，試著往兩旁移動，才忽然看見一家旅館低調的營業著，低調的在一樓餐廳擺出小黑板，寫著低調的午餐價格，裡頭已有兩、三桌客人，神情愉悅、低調交談吃著午餐。我好像覺得自己應該用氣音說話。

美瑛的蔬菜、美瑛的牛肉、美瑛的馬鈴薯、美瑛的冰淇淋，非常清新甜美的滋味。吃喝著自由取用的蔬菜沙拉和湯，對著空街上「北海道新聞社」的大樓，好像時光就這樣一直流逝也沒關係。

「連新聞社都可以是空的，看來是不錯的地方哪。」我笑。

我知道這只是在美瑛花季來臨之前，短暫的初夏「空白」。但即使是這一小段，相對於過度嘈雜的世界，這一瞬間，我是真心羨慕。

北國夏日直至晚間七點日光還是大好。花田雖然搶盡了夏季的鋒頭，可是此地農作的大宗並不是花，馬鈴薯、南瓜、番茄、蘆筍，其實作物的生機就是夏季美瑛的熱鬧。花田應該是用來吸引觀光客的。

在美瑛下車後，可以有明確的目的地，也可以沒有。騎自行車很好，但如果非去那些著名的景點不可，還是搭車比較好。

自攝影家前田真三將美瑛山丘的美景傳佈全世界之後，外景隊紛紛來到此處，眾多廣告景點加上「四季彩の丘」花田，來回二十多公里是跑不掉的，騎車在高低起伏的山丘上是體力大考驗。

但仔細想想，這些所謂的景點不都是攝影師或「商品」賦予的價值嗎？沒有那些廣告、或者影像紀錄，那一棵樹、兩棵樹、三棵樹，還有許多其他美麗的樹，其實都一直在美瑛山丘，它們生長著、伸展著，也許某天自然死亡，不會為了某個廣告或劇情而改變。

騎自行車的意義並不在於「追逐」，而在「發現」。順著美瑛山丘，隨意隨興地騎著，風帶來空氣裡濃濃的草味，以及遠遠鋤草機的引擎聲，或快或慢、或停或走，把騎車的自己融進山丘裡，不必管哪一棵樹是「成名」的樹，只要有美麗的鑑賞，便成就了自己的外景片。

我搭了觀景巴士，因為花季的旺季未到，除了少數的外國遊客之外，大部分都是來自各地的日本人。

•

從美瑛回旭川還是搭了每站都停的慢車，並在車上拍了一張相片。

拍攝的主角看起來是在車上看書的女學生，其實不是，而是她隔壁那位穿著西裝在打盹的男士。這位男士在下午的美瑛觀覽巴士上坐在我旁邊，一個人，穿著整齊的西裝、皮鞋，帶著硬殼的公事箱，在一群群三兩結伴的遊客之中，顯得有點格格不入。

應該是臨時起意的吧？我這麼想。不然這身打扮不應像是坐在辦公室或是準備去拜訪客戶嗎？因為他座位靠窗，坐在走道的我要看窗外風景的時候，視線都必須「越過」他，所以也無法迴避的會注意到他的舉動。

很多時候他抱著公事箱安靜的平視前方，不像觀光客如我老是引頸眺望著遠方；他也不拍照，看見我舉起相機，身體還會稍稍縮入椅背以免影響我的視線。

雖然我可以有許多想當然爾的線索去塑造這位男士的背景，但我只是默默觀察，沒有下標籤。

一路上，初夏美瑛的綠色山丘不斷的在我眼前飛馳、視野也不斷的延伸、延伸到永無止盡的遠方。在旅遊旺季來臨的前刻，空間非常純靜，沒有花也沒有過多的遊客，世界彷彿被按了暫停鍵，唯有山丘無涯的起伏，如呼吸般存在。

這時我才領悟，剛剛在觀景巴士上，一車來自澳洲、臺灣、德國、日本各地的我們，會在山丘「甦醒」之前到來，其實也是各自在生活裡按下「暫停鍵」了吧。那麼，我隔壁的西裝男士也沒有什麼不同。他在搖搖晃晃的電車上睡著了，一定知道醒來後就回到「現實」。

站在被按下暫停鍵的山丘，用各自的姿態或輕鬆或嚴肅的眺望遠方，誰心裡都知道解除暫停鍵後一定會回到原來的軌道，就像美瑛入夏後，繁花會如煙火般瞬間盛開，變成畫布裡常見的樣子，吸引著大批人潮。

可是這一刻是暫停的。我們都懷抱著各自理由。

我想起有一位始終非常忙碌，一天到晚幻想休假的臺北朋友，在終於得到休假時問我：「休假該怎麼過日子呢？」我很難回答，「過日子」這種事也許內容「乏善可陳」，只要身心安定就好。但「身心安定」就是個重點吧，朋友終於得到夢寐以求的「休息」，但休息讓他空虛不安。我頓時發現，也許他從來沒有按過「暫停鍵」，所以面對人生值得期待的「暫停」反而顯得困惑。

回到東京時是晚上，電車上都是疲憊的上班族，東京都內的電車很少有空曠的時候，只會隨著乘客的不同而轉換不同的表情，連「空氣」也是。此時，我身上會有從美瑛帶回的氣味嗎？看著漆黑窗面上鏡像的自己，一路隨著電車搖晃，空城美瑛以及綠色起伏的山丘，在擁擠電車內像逐漸退去的夢一般……然後，電車忽然停了。

低聲的廣播和車上的跑馬燈顯示著因為「人身事故」所以不得不暫時耽誤。車上的人（包括我）可能有點無奈、或不耐煩，但都很沉默也沒有騷動。東京人對於這種多半是自殺的電車意外事故都「習慣」了。

有些人也許一輩子都不需要暫停的時間，說想要暫停只是調劑生活的口頭禪而已。只是，若人生忽然被迫暫停了又該如何呢？

希望看見自己本心，只有在按下暫停鍵時最為靠近。

雖然，有一天暫停鍵也會變成停止鍵。

生活的依賴

在東京的「中國超級市場」裡，有來自臺灣的黑松沙士、永和豆漿，一瓶都是一百八十九日幣，花生仁湯二百一十日幣，這是鄉愁的價格。但我對食物沒有依戀，我的鄉愁沒有價格。

沒有價格的東西最麻煩。

不知不覺，東京成為臺北之外我最熟悉的城市了。對於空間的距離，竟然有種東京和臺北是同在某條電車線上的錯覺，從臺北到東京，彷彿只是從JR中央線西區遷移到中央線東區而已。兩個城市只要不往來，不管是需要搭車搭船搭飛機，其實人都很無感，距離感也很模糊。譬如在臺灣高鐵上的城市，我去了一次恐怕在經年累月之後也難得再去的不在少數，想來比東京「遠」；又如許多東京人活動的範圍只在住家與公司附近的幾個站間而已，觀光客必訪的六本木「東京中城」或「表參道」，未必是在地人的生活圈，而且恐怕多數的東京人是生活在市內某個角落，終其一生沒時間也沒機會去。

這樣說來，把臺北和東京像這樣擺在同一條電車線上也沒什麼不可以。當然這也是因為臺北和東京在某些都市表象上的相似度很高，但另一方面，這會不會是代表自己在原有生活中所建立的依賴感很低呢？

以「感受層次最低也最直接」的食慾來說，之前經常聽居外歸來的人們說著如何如何嘴饞什麼食物，想念到受不了，成為強大的鄉愁。很少為食物「拼命」的我，原本也想藉出國考驗哪些是我的最愛。但在東京生活，食衣住行上讓我「想念到受不了」的東西幾乎不存在。那些深具臺灣風格的多樣小吃，譬如豆花甜湯冰品、滷味麵線臭豆腐、肉圓蚵仔煎甜不辣，或者蜜餞零食牛肉乾等等，我平日也有吃，但出國後才發現，這些就算徹底在生活上消失，好像也無所謂。然後回來了，在路上看見了，又開始吃，也很津津有味。

其他的菜餚湯類，有食材就能自己做，沒什麼困難。平日看電視多半轉電影臺，在東京轉不到就不看，也不會有失落感。說有不同，就是開始學會上網路視頻找臺灣節目，網路泯滅了空間的界線，也泯滅了生活的界線。但一回到臺北，視頻立刻變成冷宮，生活秩序一點也沒有斷層。

那麼，我對原生地方的生活依賴度看來很低，好像回不回到臺北都無所謂。

其實不是的。

臺北之於我，無關食慾物慾，無關意識形態，也無關那些經常令人無言的「建設」。我們對原生城市的依賴與聯繫，未必只建構在食衣住行的層次。我喜歡臺北，因為這裡有我、以及朋友的故事。被生命所建構的地方、擁有人生故事的城市，都是無可取代的迷人。這是和食慾物慾所不同的、生活的依賴，也是心理的依賴。

日本朋友因為讀書就業的關係在海外生活了十年，而當初要離開日本的時候，就跟所有想要藉著離開國界、掙脫束縛、尋求海闊天空的許多人一樣，內藏著對於原生家庭、原生社會的不滿。十年後回到故鄉安居，雖然見面時還是盡情訴說對國家的不滿、社會的意見，每年還是要帶著一家大小到喜歡的外國旅行，並且告訴孩子：要知道你們未來的世界不在日本。但是仍然說：「晃了一大圈回來，便知道只有日本才是最適合日本人居住的地方。」

隨著丈夫外派海外，二十年來住過四個國家的智子，在退休之前回到了日本定居。跟她暢談著海外生活，說著臺灣美國新加坡上海，各地的文化與民族特色都揉雜在她的人生經驗裡，兩個孩子也都在海外出生成長，我笑說她的「黃金歲月」都不在日本，現在回來應該非常陌生。但她說：「一回來就熟悉了。其實日本人在海外生活很『危險』，因為在日本生活太『安心』。」雖然日本治安在世界上相對來說是不錯，但這裡所謂「危險」和「安心」無關治安也不是民族驕傲，而是日本人太具團體遵循性，太習慣於社會秩序，就傻傻以為這是人類社會的理所當然，不會意識到外面世界非全然如此。安心按照「本來就應該這樣」的想法行事，卻遇到突如其來的回應，手足無措之外還經常飽受驚嚇。

「外面世界很豐富精采，回來日本很放鬆安心。」她笑說。

以日本的工作壓力與人際關係的制約來說，很少人（包括本國人）會以放鬆來形容這個社會吧，畢竟需要去海外放鬆的常常是日本人呢。但這裡的放鬆我卻很能理解，就是可以很自然而然的卡進社會的齒輪內部，一起轉動、一起生活，就是一種「在地」的放鬆。

排隊永遠排在「外國人課」的居留者，即使能擁有在地生活，和旅行者的浮面不同，但如果無法構築生（深）根的故事，最終還是「漂浮」在這個社會上的。漂浮著漂浮著，「生命中不可承受之輕」就會出現。

讓自己能「腳踏實地」的社會，很少不是千瘡百孔、雜音叢生的，卻能生出存在感。也許這就是生活的依賴。

在暫停職場的生活中遇見世界難以違逆的暫停，
無論驚駭、孤絕或平靜，
終得以衝撞內心，
篩出生命中重要與不重要人事物，
並經驗著如何受創又如何美麗的城市，
與之同感同傷。
皆是意外珍貴的淋漓盡致。

二魚文化　文學花園　C121

東京暫停

作　　者　黃雅歆
責任編輯　廖桂寧
美術設計　廖桂寧
讀者服務　詹淑真

出 版 者　二魚文化事業有限公司
發 行 人　葉　珊
地址　106 臺北市大安區和平東路一段 121 號 3 樓之 2
網址　www.2-fishes.com
電話　（02）23515288
傳真　（02）23518061
郵政劃撥帳號　19625599
劃撥戶名　二魚文化事業有限公司
法律顧問　林鈺雄律師事務所

總 經 銷　大和書報圖書股份有限公司
電話　（02）89902588
傳真　（02）22901658

製版印刷　彩達印刷有限公司
初版一刷　二〇一四年十二月
I S B N　978-986-5813-44-4
定　　價　二五〇元

題字篆印　李蕭錕

國家圖書館出版品預行編目（CIP）資料

東京暫停 / 黃雅歆作 . -- 初版 . -- 臺北市 : 二魚文化 , 2014.12
208 面 ; 14.8 X 21 公分 . -- (文學花園 ; C121)
ISBN 978-986-5813-44-4(平裝)

855　　103020553

二魚文化 讀者回函卡

讀者服務專線：（02）23515288

感謝您購買此書，為了更貼近讀者的需求，出版您想閱讀的書籍，請撥冗填寫回函卡，二魚將不定時提供您最新出版訊息、優惠活動通知。

若有寶貴的建議，也歡迎您 e-mail 至 2fishes@2-fishes.com，我們會更加努力，謝謝！

姓名：________ 性別：□男 □女 職業：________

出生日期：西元____年___月___日 E-mail：________

地址：□□□□□ ________縣市________鄉鎮市區________路街_____段_____巷_____弄_____號_____樓

電話：（市內）________ （手機）________

1. 您從哪裡得知本書的訊息？

□逛書店時

□逛便利商店時

□上量販店時

□朋友強力推薦

□網路書店（站名：________）

□看報紙（報名：________）

□聽廣播（電臺：________）

□看電視（節目：________）

□其他地方，是________

2. 您在哪裡買到這本書？

□書店，哪一家________

□量販店，哪一家________

□便利商店，哪一家________

□網路書店，哪一家________

□其他________

3. 您買這本書時，有沒有折扣或是減價？

□有，折扣或是買的價格是________

□沒有

4. 這本書哪些地方吸引您？（可複選）

□內容剛好是您需要的

□價格便宜

□是您喜歡的作者

□封面設計很漂亮

□內頁排版閱讀舒適

□您是二魚的忠實讀者

5. 哪些主題是您感興趣的？（可複選）

□新詩 □散文 □小說 □商業理財 □藝術設計 □人文史地 □社會科學

□自然科普 □醫療保健 □心靈勵志 □飲食 □生活風格 □旅遊 □宗教命理 □親子教養

□其他主題，如：________

6. 對於本書，您希望哪些地方再加強？或其他寶貴意見？

____

____

廣告回信
臺北郵局登記證
臺北廣字第02430號
免貼郵票

106 臺北市大安區和平東路一段 121 號 3 樓之 2

二魚文化事業有限公司 收

請沿線剪下後，對折以膠帶黏貼，免貼郵票，直接投入郵筒寄回！

文學花園系列

C121 東京暫停

●姓名

●地址

二魚文化